LE POLYGONE ÉTOILÉ

DU MÊME AUTEUR

Nedjma
roman
Seuil, 1956
et « Points », n° P 247

Le Cercle des représailles
théâtre
Seuil, 1959 et 1976

L'Homme aux sandales de caoutchouc
théâtre
Seuil, 1978

L'Œuvre en fragments
Sindbad, 1986

Soliloques
poèmes
Ancienne Imprimerie Thomas, 1946
Bouchène, 1989
La Découverte, 1991

Le Poète comme un boxeur
entretiens
Seuil, 1994

Kateb Yacine

LE POLYGONE ÉTOILÉ

Éditions du Seuil

TEXTE INTÉGRAL

ISBN 2-02-031987-X
(ISBN 2-02-020596-3, édition brochée)
(ISBN 2-02-001065-8, 1ʳᵉ publication poche)

© Éditions du Seuil, 1966, avril 1994.
© Éditions du Seuil, mai 1997, pour la préface.

Le Code de la propriété intellectuelle interdit les copies ou reproductions destinées à une utilisation collective. Toute représentation ou reproduction intégrale ou partielle faite par quelque procédé que ce soit, sans le consentement de l'auteur ou de ses ayants cause, est illicite et constitue une contrefaçon sanctionnée par les articles L. 335-2 et suivants du Code de la propriété intellectuelle.

PRÉFACE

Ouverture : dix-huit pages de prose somptueuse, nervalienne, mêlant l'histoire et le mythe, la prison et le maquis, l'exaltation militante et la résignation aux diktats des Ancêtres, l'Orient et l'Occident, l'attrait de la chair et la répugnance au péché, dix-huit pages de haute poésie prolongeant et amplifiant le souffle de *Nedjma*... mais qui viennent aussitôt mourir, se disloquer, langue et typographie (« le vent qui veut jamais rester dehors ») à la rencontre d'Alger, la grande ville, pas encore capitale, bientôt capitale, mais capitale de quel pays ?

Alors s'élève une voix singulière, mettons qu'il s'agit de Lakhdar, amoureux transi de l'Étrangère, interlocuteur privilégié des Ancêtres dont il ne comprend pourtant pas le message : « Tout ça, c'est du vent », dit Lakhdar (mettons).

Tout ça ? La poésie, les audacieuses architectures de paroles et de souvenirs, les plongées en apnée dans les rêves de tout un peuple, du vent. Du solide, en voici, à travers les mots de Lakhdar (mettons), des mots martelés par la fatigue et la misère de Lakhdar, l'immigré : la traversée à fond de cale, l'errance de ville en ville à la recherche de petits boulots hypothétiques, les solidarités reconstituées avec peine, brisées par la fatalité de la faim, les vapeurs nocives du nitrate d'argent au fond du puits de l'usine, et le racisme du contremaître. Avec de telles conditions de vie, si on peut appeler ça une vie, la poésie, vous pensez !

« *Nedjma*, c'est du vent » dit Kateb Yacine.

1966 : *Le Polygone étoilé*. Dix ans ont passé depuis la publication de *Nedjma*. D'aucuns ont salué ce « premier roman » comme un chef-d'œuvre, comme l'acte de naissance de la littérature algérienne moderne, une littérature enfin débarrassée des carcans de l'ethnographie et du pittoresque. Entre-temps, le théâtre de Kateb a été publié, joué sur scène, en France et en Europe. Ce n'est pas tout à fait la gloire mais le jeune homme charmeur et ambitieux, débarqué à Paris à la fin des années quarante, a obtenu de ses pairs la reconnaissance qu'il attendait.

Tout ça, c'est du vent. Car, entre-temps, l'Algérie est devenue indépendante. Et tous les doutes, toutes les craintes qu'exprimaient le récit et les discours de *Nedjma* quant à l'avenir du nouvel État se voient dramatiquement confirmés par les faits. Revenu à Alger dès juillet 1962, Kateb Yacine en est expulsé un mois plus tard pour avoir, dans la presse, décrit ce qu'il voyait, fait part de ses inquiétudes, laissé éclater parfois sa colère.

Retour en France, à l'errance de Lakhdar. Ce n'est pourtant pas un recommencement. Quelque chose s'est brisé, immédiatement perceptible : les Algériens de Paris ne se serrent plus les coudes comme au temps de la guerre, ils éprouvent une certaine honte de n'avoir pu regagner le pays – ainsi du moins les perçoit Kateb. De toute façon, ils n'ont pas lu *Nedjma*.

D'ailleurs personne n'a lu *Nedjma*. A l'exception de quelques poètes insurgés (Genet, Gatti, Serreau…), personne n'a perçu la radicale insurrection que constituait le geste littéraire de Kateb Yacine, ce dévoilement d'une violence alors inédite des archaïsmes qui nourrissent le langage de la modernité. Il s'était même trouvé de bienveillants commentateurs pour renvoyer l'écrivain à son douar, le travestissant en bédouin suant sous le burnous. Tout ça, c'est du vent.

Quand il évoquait la rédaction du *Polygone*, Kateb adoptait deux postures contradictoires. Minimisant à plaisir la portée de ce livre qui ne ressemble à aucun autre, il affirmait qu'il y avait tout simplement rassemblé des fragments qui n'avaient pas trouvé place dans la première édition de Nedjma. A l'inverse, il estimait que *Le Polygone étoilé* constituait la matrice de toute son œuvre à venir, et même celle de l'œuvre passée : *Nedjma* ne serait qu'un fragment anticipé du *Polygone*.

Tout ça n'est pas que du vent, ou bien il s'agit de ce vent de l'histoire soufflant dans les ailes de l'ange cher à Walter Benjamin.

Première posture : certes, le grand « vent » de l'ouverture rappelle, par son souffle, son refus de la transparence narrative, les plus belles pages du chef-d'œuvre. Et la fin du livre, dédicace magnifique et sombre à la mère peut passer pour une nouvelle variation sur l'un des thèmes principaux de *Nedjma*. Mais toute la partie centrale, polyphonie de douleurs et de violences, allers-retours saccadés, furieux, d'une rive à l'autre de la Méditerranée, faisant se chevaucher sur la page le poème et le théâtre, le récit et le communiqué de presse, le rêve et le résumé historique, tout ce livre dans le livre dément l'affirmation défaitiste de Kateb.

Deuxième posture : oui, on peut voir dans le *Polygone*, comme son titre au demeurant l'indique, ce dispositif géométrique complexe permettant d'accueillir toutes les formes littéraires possibles et imaginables. Seulement, voilà. A l'exception d'une pièce de théâtre *(L'Homme aux sandales de caoutchouc)* en 1970, de quelques textes épars, du monument en ruines édifié par Jacqueline Arnaud sous le titre de *L'Œuvre en fragments*, Kateb Yacine ne publiera plus rien de son vivant après *Le Polygone étoilé*, qui apparaît donc comme la matrice indispensable – et exemplaire – d'une œuvre fantôme.

Mais tout ça, c'est du vent. Chacun des angles aigus du Polygone, conduira Kateb Yacine à explorer une part du monde et de lui-même. Non pas dans la solitude de l'écrivain (*Kateb* signifie "écrivain", en arabe), mais dans la communauté d'une lutte qui dépasse la littérature. L'étoile (*nedjma*, en arabe) n'a pas fini de rayonner. Ce qui fait tenir le tout, c'est une sorte de vertige, cette ivresse qu'on éprouve à courir dans le grand vent : le centre vide du Polygone, l'Algérie rêvée à l'image du monde. « Il n'y a plus alors d'Orient ni d'Occident, écrivait Kateb Yacine. Le Polygone reprend ses droits. Et si les rues de Dublin ont des échos à Alger, c'est que l'artiste créateur n'habite pas, il est habité par un certain vertige étoilé, d'autant plus étoilé qu'on est parti du plus obscur de sa ruelle. »

Tout ça, c'est du vent : l'Esprit souffle où il veut.

GILLES CARPENTIER

Kateb Yacine est né à Constantine, en 1929. Généralement considéré comme l'un des principaux fondateurs de la littérature maghrébine moderne de langue française, initiateur du renouvellement du théâtre algérien en arabe parlé, Prix national des Lettres en 1988, il est mort de leucémie à Grenoble en octobre 1989.

Ils étaient tombés dans un grand cri, les yeux fermés. Ils se sentirent aussitôt prisonniers. Puis ce fut la lumière, et des êtres rigides, de haute taille, s'emparaient d'eux régulièrement, d'un geste bienfaiteur et sournois. Ils ne firent plus que crier, de moins en moins fort, il est vrai, à chaque fois que s'approchaient les mains qui les avaient attachés. On ne leur fit aucun mal, à proprement parler, mais on les harcelait de gestes protecteurs, sous prétexte qu'on les nourrissait. Ils ne pouvaient d'ailleurs le savoir, et ils prenaient leur dû de vive force, ou le réclamaient à voix haute, en dépit de tous les châtiments. Les êtres bizarres qui leur offraient gîte et pitance le faisaient délicatement, mais ils profitaient de leur position de personnages responsables pour imposer aux nouveaux venus d'autres bienfaits : pour les nourrir de promesses, les retenir prisonniers, en échange de quelques gorgées d'eau, dont les protégés tiraient tout juste assez de force pour s'endormir, comme si on leur administrait un narcotique, comme si on redoutait leurs yeux fermés ; on les laissait dormir, gavés et ligotés ; puis, lorsqu'ils se réveillaient, débordants de vaillance et de curiosité dans leur cage, on les prenait à bras-le-corps :

battus et interrogés, interrogés et battus, ils étaient rituellement ramenés dans la cage, dont ils ignoraient d'ailleurs la forme et l'emplacement, car leurs yeux entrouverts ne s'attardaient qu'à contempler le vide, et la violence primitive cédait à la nostalgie, à l'impuissance, à la langueur ; ils apprenaient à sourire dans les larmes ; ce que leurs gardiens prenaient pour les prémices du bonheur n'était que la fin d'un cri animal, dont les nouveaux venus ne savaient plus se servir, ne comptant plus sur aucun secours : ils étaient fatigués de crier ; à la longue, ils avaient oublié l'incorruptibilité natale, tout entière dans le cri éteint ; ils en étaient maintenant à sourire et à larmoyer, imitant la tribu nourricière ; ils n'étaient pas si influençables, par ailleurs, qu'ils ne revinssent de temps à autre au silence et à l'impassibilité ; leurs yeux commençaient à quêter d'autres nourritures, les liens à se relâcher, leurs crânes à se couvrir d'une végétation qui semblait annoncer quelque poussée de ruse et de défi... Nul ne peut dire comment les inconnus conçurent la première idée, si elle dériva de telle ou telle sensation subitement grandie, ou si le comportement nouveau des barbares, leur ressemblance avec les gardiens, n'étaient qu'état de grâce passager... La chose n'étonna pas beaucoup, car les regards qui commençaient à luire, à s'aiguiser comme ceux des animaux, charmaient assez les gardiens. Désormais les Barbares semblaient avoir trouvé la monnaie nécessaire au paiement de leur séjour. Ils passaient de l'affliction à la gaieté, avec une désinvolture de spéculateurs offrant le prix de leur rançon dans les deux plus fortes devises du marché, afin que leur puissance parût inséparable de leur bonne foi ; mais ils ne faisaient que ruser : quand on les délivra de leurs liens, quand on les tira de la cage et qu'on se mit à les promener dans un monde plus vaste, ils restaient des barbares incapables d'aimer autre chose que leur bon plaisir ; ce qu'on prenait de leur part pour de l'amour n'était que pure simulation. Néanmoins, ils ne pouvaient réagir contre les habitudes, et s'attachaient afin de subsister, passant de la docilité à la haine, dès qu'ils purent se rencontrer. Ils n'avaient pas le temps de s'évader ; chacun d'eux continuait son chemin, le plus loin possible, sachant qu'ils seraient plus d'un à marcher parallèlement, jusqu'à ce qu'ils se séparent, chacun poursuivant son but, et ils se rencontreraient de moins en moins, jusqu'à la secrète arrivée dans le même sépulcre, où ils dormiraient ensemble, sans entraves, sans tribu, dans le vertigineux espace d'une nuit sans lumière, au-delà des étoiles, avec pour tout bagage un manque absolu de mémoire : toute leur certitude était cette plongée solitaire au sein de la glèbe, à l'abordage de la matière, et ils ne se pressaient pas trop sur la route du cimetière, découvrant dans leur cécité de fœtus la meilleure chance de survie, l'unique promesse — contemplée sans convoitise — de ce trésor interdit qu'ils cherchaient, loin de toute espérance, mais certains de le retrouver à la dernière étape, au sprint impitoyable éliminant tous les coureurs et grossissant la prime, certains de ne pas emporter le trésor, mais de s'endormir à ligne d'arrivée commune, s'endormir une fois pour toutes, le corps défaillant dans l'attente du grand retour en force où chaque poussière produira pleinement son effet : ils partiraient comme ils étaient venus, raidis et endormis dans leurs cages en bois, grains de poussière chus du rayonnement céleste, déposés sur la route où d'autres chutes, d'autres rencontres leur étaient réservées, car ils se réveilleraient tous les quatre dans la nuit maternelle, mordant encore des seins infidèles ; des allumettes craqueraient autour des quatre rescapés, nés du même laps de temps, à la lueur des mêmes étoiles, chacun dans une demeure, chaque demeure éteinte et barricadée ; ils se verraient encore prisonniers, à la veille d'une autre rencontre, criant patiemment, à la façon des nomades qui se rejoignent sur la route incommensurable, gardant assez de distance pour ne jamais se talonner, et tout les révolterait dans cette flaque de durée où les Ancêtres prétendraient les plonger, avec des précautions mauvaises, ne les rappelant à eux qu'après toutes les turpitudes, au moment de remporter l'épreuve : l'heure de l'ombre et du renoncement, après tant de lutte et tant d'ignorance ! Mais les Ancêtres eux-mêmes seraient condamnés à renaître, en rangs par quatre, inexorablement tentés de parcourir la route de l'exil, mais le décor aurait changé : ils entendraient leurs descendants mugir, et le retour au ciel serait interdit par un vent de révolte, et les Ancêtres ne pourraient plus quitter la terre ni disperser leurs semailles : quatre par quatre, leurs descendants défileraient devant eux, les retiendraient à leur tour prisonniers, poussant le même cri animal, inaudible, sans déclinaison, le cri d'amour, de patience, de nostalgie, de cruauté, le cri de l'atterrissage et du lait de femme soporifique et mortel.

Chaque fois les plans sont bouleversés. Des inspirateurs, coiffés de casquettes américaines et de pataugas, sont arrivés avec la mission de réduire les provisions réglementaires, et les heures de contemplation. En somme, il s'agit de commencer, sans attendre les plans. Chaque fois, les plans sont bouleversés. Et les inspirateurs déchirent leurs casquettes, mettent la main à la besogne, renoncent à leurs ambitions. Dans les nuages, dans la fumée, ils se déploient en file indienne. Après l'éboulement, pas de conciliabule. Chacun a son silence et ses obscurités. Chacun a son plan. Et chaque fois, les plans sont bouleversés. D'ailleurs, notre cité pourrait bien être originale à ce prix : être édifiée sans plan, ce qui impose, soit dit en passant, un surcroît de méthode, un adieu déchirant aux fantômes de la tribu. Ne sont-ils pas en partie responsables de leur survivance ? Bien qu'irréels, ne sont-ils pas les sombres fondateurs des forteresses complexes et médiévales ? C'est une absurdité bien établie, ils ont une certaine tendance à transgresser leurs propres plans. Pour eux, la catastrophe est une simple opération de calcul, ou de sorcellerie. Ils ont gardé les plus étranges croyances, et disent de ceux qui les ont laissés dans l'incertitude : « Ne soupirons pas dans la cendre de nos ancêtres présumés ; s'ils ont brouillé leur trace, n'est-ce pas pour nous initier au gouffre où ils vont de l'avant, suspendus à leur chute ? Et c'est à eux d'escalader le gouffre, à eux de rester sourds à nos questions. » En vérité, les fondateurs savent qu'ils vont périr avant même que soient commencés les travaux. Pour le moment, c'est la guerre. Ceux qui ne combattent pas sont morts, sont prisonniers, s'exilent, sont bannis. La terre, la forêt, la cellule, la France, tout se confond dans la grisaille des aliénés.

Beaucoup sont envahis par la nostalgie. Mais les vivres ne tarderont pas à s'améliorer, grâce à la chasse, et l'installation de la radio dans les cabanes sera déjà comme un fait d'armes, pour le moral de l'organisation. En attendant, c'est la guerre. Mais c'est aussi l'occasion de dresser les plans, ne serait-ce qu'en prévision de la prochaine campagne. Déjà dans la forêt, l'automne se fait sentir. Quant à l'hiver, encore une fois, ce sera le dernier.

— Pas sommeil.
— Tu sais tirer ?
— Oh ! je sais bien que ça commence par un stage.

Les premières journées vont se passer à l'entrée de la ville, sur un terrain vague. Repos et séances de musique, méditation en commun. Nous ne serons sans doute pas surveillés. Pour ta gouverne, sache qu'il y a deux polices, celle du camp et celle du gouverneur. Un rêve dans un rêve, un monde dans un monde, un Etat dans l'Etat : telle sera, une fois le signal donné, notre insurrection générale. Pour le moment, c'est la petite guerre, et la plus grande prudence en matière de recrutement. Il nous faut compter avant tout sur les paysans. Tu sais combien leur calme et leur puissance nous tiennent en respect. Une fois gagnés à la cause, leurs yeux s'ouvriront sur l'étendue de l'esclavage, et ils voudront revenir aux libertés fondamentales, et ils assommeront parmi nous bien des serpents. En cas d'hésitations de notre part, viendront certains vieillards qui ne manqueront pas d'expérience, ne se laisseront pas éblouir par nos tenues pseudo-modernes. Ils nous enseigneront la vanité de nos diplômes. La nuit venue, nous irons avec eux dans la forêt faire le coup de feu contre les ombres des chacals. Ils nous raconteront les anciens corps à corps, gâchant par leurs conseils nos découvertes. Nous saurons alors qui ils sont. Les fondateurs clandestins ? Ils ne redoutent nullement d'affronter les grandes œuvres. Ils entreprennent toujours la même conquête : celle du Sahara. Ce qui est imposant, c'est encore leur subtil éloignement des villes. Ils ne sont pas si distants. Ils ont vu détruire leurs refuges, l'un après l'autre. Ils passent des nuits haineuses à se souvenir du long été brisé... Les épouses sont de l'autre monde ; elles se jettent à l'eau, sauvages et drapées dans leurs cheveux, suivies par une escorte de joyeux nourrissons. Débordantes, elles ajoutent leur chaleur à la sombre caresse de l'eau. Un ancêtre surgit des flots. Elles se lamentent de cette farouche apparition. L'ancêtre nage, en s'efforçant d'oublier les charmes de son engeance. Il est à l'âge où tout inceste n'est qu'un bâton de pèlerinage. Il a eu trop de femmes, trop de filles, pour n'avoir pas à les surprendre en leurs ébats. Et faute de rivaux, il se dispute ses épouses. Mais chaque fois ses plans sont bouleversés. Il n'a plus rien d'un chacal. Sorti de l'eau, il plonge dans la forêt. Ni soldat ni propriétaire, quel est ce spectre sans mémoire dont les enfants se perdent en questions ? Etait-ce un ogre prolifique, un ogre qui mangea ses fils aînés, mais préserva peut-être le dernier ? Qui que tu sois, voyageur opprimé, tu es le maître du désert, et le maître de la forêt. Le fondateur n'a rien à vendre. Sa cabane s'élève contre un boutoir de cactus, tout près d'un faible ruisseau mangé par ses buissons. C'est là que le soir est bien frais. On rêve. Est-il bien vrai que nous sommes en guerre ? La courbe des collines environnantes retire la lumière. A cette heure-ci, le fondateur quitte ses rejetons. Il revient à sa condition de spectre. Ainsi qu'un vieil idéal, il erre par monts et par vaux. Souvent, il tombe dans un marécage. Ainsi est ce métier, devenu profond par inaction forcée en cette vase préhistorique où de vénéneux horizons, profondément enfouis, rejaillissent. Il n'a plus de tabatière. Il se revoit caracolant dans l'odeur de la poudre. Est-il possible de revenir aux nobles formes du combat ? En même temps qu'il médite, il pèse, d'un regard, les fruits de la saison. Il croque un poivron. Il n'a pas vu beaucoup d'oranges, sinon au marché, les rabougries, celles qui ne se vendent ni ne s'achètent. Il n'est pas de ceux qui se contentent de pommes de terre. Il boit le lait sur la galette d'orge qui sent la bouse calcinée. Figues et dattes sèches, pas les meilleures, lui reviennent certains jours, car il ignore le quotidien. Ses repas ont lieu dans la forêt où ses pensées sanglantes tourbillonnent. Il n'aime que son âne ou son mulet. Mais il s'entoure aussi de vagabonds, qui hantent son douar, souvent intimidés par les chiens et les enfants. Parfois sont de passage des citadins curieux de voir jusqu'où va la terre, ceux que la ville n'a pas encore dévorés, ceux qui se sont bannis d'elle et n'osent demander asile à la forêt. Ceux qui d'eux-mêmes se sont bannis, le fondateur les aime et les défend. Le fondateur est un être de toute confiance. Son cerveau ne craint point l'œil des étrangers ; seuls ses ravissements, ses raideurs leur échappent. Il ne fuit que les géomètres, connaissant la rigueur de leurs projets. Au marché, il est mal à l'aise d'avoir nourri des bêtes devenues futiles. Quand il s'attarde dans la ville au crépuscule, certaines attitudes des putains le font frissonner. Il considère sa puissance musculaire sans plaisir, depuis qu'il traversa en rêvant une usine. Jamais il n'y enverra ses enfants. Le fondateur. Il a laissé quatorze mâles, qui ont à cœur de l'illustrer en arrachant leur père au voisinage du chacal, du tigre, du lion. Le fondateur en son maquis, sa furieuse discrétion ! Il allait jusqu'à dissimuler ses enfants au regard de la foule et même des passants, sans parler de l'unique épouse qu'il retrouvait à la nuit noire, comme pour éviter de revoir son visage. Est-il mort ? Mystère. Mais on ne peut nier qu'il ait vécu. De temps à autre, il agonise. Nous écartons alors de lui les impressionnables qui risquent de s'attacher à ses traits. Les traditions de sa fraction nouvelle lui tendent des pièges. Il dit : « Je ne suis point pressé de dépister ceux qui m'entourent. J'attends mon jour et je les observe. D'ailleurs, je me prépare à les quitter. » Cette particularité, ainsi que d'autres, beaucoup d'autres, nous donnent l'occasion de le suspecter, de lui manifester notre sévère déférence. Nous craignons qu'il en vienne, par fausse modestie, à nous faire oublier ses bourreaux. Le fondateur ? Notre chef clandestin ? Le voici qui bombe le torse, et nargue les sorciers. Il a souffert dans les forêts, évidemment, mais, ayant payé le pain aux seigneurs et trotté sous la charrue (une des dernières fois qu'il se soumit aux lois sociales), il faisait assommer par ses enfants les dignitaires chargés de le soudoyer. Alors il se rendait à ses secrètes demeures — des trous creusés sous les ronces —, s'armait et fabriquait lui-même ses cartouches, laissant sa femme maîtresse de la maison, avec mission de l'avertir du danger. Le fondateur, et sa femme. Ils se donnèrent quatorze mâles, sans compter les vierges et les fillettes. L'inépuisable ! Que de marmots piqués à sa poitrine ! Elle charge à son bras quelque tapis buveur de lumière, tissage grandiose des ouvrières de Tebessa. Et lui, un de ces pères problématiques, un de ces orphelins qu'abandonna la caravane, et qui ne savaient pas leur nom — un de ces nomades impérieux, chassé de ville en ville. Il frotte contre les murailles son dos. Il erre. Les gardiens n'osent l'appréhender en sa défroque, lui qui recherche obstinément la mort subite. C'est ainsi qu'il s'enfonce affamé dans les bois, le fondateur. Quatorze mâles, tous en déroute, dans une guerre inavouée.

J'agite encore un vieux gourdin sur les lieux de leur massacre, et si j'appelle ces spectres à la rescousse, je reste à la première clameur abandonné ! Mais si je désespère de leur irruption, les voilà. Le fondateur. Après son mariage, il but quelques mares d'alcool ou de vin pour l'amour de je ne sais qui. Pourquoi s'éprit-il de cette libertine dont tous nos parents se souviennent pour ne l'avoir jamais vue, l'inhumaine ! Et l'aimait-il jusqu'au désespoir, vraiment ? Quel caractère devait avoir ce noceur patriarche pour avoir pleuré de telles larmes, que je recueille en fils ému du visionnaire en crue ? Mais l'alcool et le vin en son temps devaient être introuvables. Usait-il de maléfices pour se préserver de l'indignation générale ? Simulait-il l'ivresse afin de faire croire que l'amour n'était pas la seule cause de ses égarements ? Mystère. On dit qu'il perdit la raison à force d'enseigner la langue arabe, lui, le fondateur de la Fraction. Quelques-uns de ses descendants, après s'être roulés dans la gloire de trop d'expéditions (contre les Turcs ou les Romains ?), revinrent juste à temps pour l'enterrer. Tous ces voyages avaient transformé leur nostalgie en folie atavique. Ils prirent les armes du défunt. Mais l'ennemi ne montra pas son visage avant longtemps. Ils se mirent à lire l'œuvre posthume et l'enseignèrent à la famille. Et tout ce petit monde passa pour fou. Je suis le fils unique, issu du treizième mâle et du quatorzième, par mon père et ma mère. Ce mariage consanguin sera sans doute le dernier : un lent naufrage. Et j'ai beau me débattre, inondé par la racine. Le village se prépare à la fête et pousse le bétail à la forêt. Singulières chansons des filles étendues sous les nattes, et qui se désignent les cavaliers... Ah ! si mes quatorze pères étaient vivants ! Ils seraient venus avec leurs fusils. Et j'aurais pu assister à la fête. Le fondateur. Nous n'osons plus déterrer ses trésors. Despote. Liquidateur de notre armée natale, il nous aura laissé le subtil héritage de ses dettes, la stupeur : l'éternelle nouveauté de vivre par milliers confondus, sans grande science et forts de ce royaume hypothétique.

Nous protégeons villes et ports, nous fournissons les guides des populations nouvelles, ayant charrié le bois, les pierres, le blé, et résisté sans chef à l'invasion ; nous demeurons dans les abîmes, protégés par la clairvoyance de nos mules. Tout ennemi qui pénètre en ces terres se heurte à nos coalitions, ainsi qu'à nos parfaites interprétations de la géographie. Nous observons les lois sans les connaître. Mais qui reçoit nos récoltes dans les docks ? Soucieux de ne point irriter les aïeux, nous avons même applaudi aux succès de la mécanique. En effet, c'est aux qualités admiratives de notre engeance que les savants doivent la vie, bien qu'ils nous aient oubliés, nous qui craignons, si nous cessons de les honorer, qu'ils soient broyés par leurs machines. Quant aux artistes, nous n'en avons pas vu un seul. Nous savons qu'ils existent. Savent-ils que nous sommes vivants ? Qui que tu sois, voyageur opprimé, tu es le maître du désert, et le maître de la forêt. Chaque année, des observateurs venaient frapper à ta porte, en compagnie ou sur les traces de leurs complices. Venaient-ils en pèlerinage ou seulement boire le thé sous les chênes ? Chaque fois, l'une de leurs jeunes filles s'offrait en grand secret à te réconcilier avec les siens. Et toi tu déroutais tes visiteurs par tes projets catastrophiques. Ne voulais-tu pas guerroyer contre les conquérants, leur opposant l'obscurité de tes propos : « Attention aux récoltes, si vous restez dans ce pays. » Alors, au scandale du mufti, tu conviais tes enfantines cohortes à quelque rapt oblique et sans merci : « Voyons si de futures immolées nous implorent, si nous devons leur enseigner nos vertus. » Prestige d'utopie permise. Le drame est d'épouser cette ombre accumulée, pour le taciturne. Insomnie. Lèvres fraîches qui s'aimantent sous la menace du temps. La tribu, la cité, n'auront que de feintes ignorances : nous serons désunis dès que le fer sera rouge, par ordre du fondateur. Temple verbal grouillant à l'entrée de l'intruse, par un soudain dégel. Au sémaphore, signe visible à la pupille adverse : le chemin de l'intruse est couvert d'autres pas imprévus ! Elle est au bain, ange de chair palpable, inoffensive pluie de sang. Toute passion se perd dans la sournoise anesthésie de nos créatures préférées, les plus remuantes. Nous demeurons leurs fossoyeurs perplexes et diligents. Les deux fourmis s'emportent l'une et l'autre. On réduit l'être à un objet, et on le hisse hors de soi, vers une mystérieuse possession qui pourrait bien n'être qu'un songe. Et voici qu'une aberration polycéphale s'empare de toutes les diversions pour signifier avant l'heure la route du cimetière, de l'hôpital, du cercle ou de la caserne. Comme si toutes ces routes n'étaient pas archiconnues. Comme s'il n'en existait pas d'autres qu'en secret nous recherchons, avec l'acharnement effacé des somnambules qui ne veulent pas revenir sur leurs pas, de crainte d'y retrouver l'énigme où fut jadis dissimulée l'illusion première, en pure perte épanouie, devant la sévère procession des réalités. Ce ne sera pas un bond prodigieux, mais plutôt un soubresaut de puce énormément vigilante. Comme si nos plans de repli mettaient en cause l'humeur d'un ours, qui peut avoir lui aussi ses ennuis. Evidemment, pour peu que le vent se lève, les ours préparent leur hiver mécontent. Ils en oublient le chant voluptueux des abeilles. Et ils deviennent lunatiques, après leurs gambades inconsidérées.

C'est le début ou le milieu de l'hiver. Ou l'adieu au printemps. Enfin, la mauvaise herbe. Allons à l'écurie. Nous brûlerons tes petits rochers parfumés. Puis je te quitterai ce soir encore ; avec les misérables, j'irai parler de ta beauté, à mots couverts :

« Si je la harponne au sortir du bain, autant embrasser un cobra sur la langue. »

Il me semble t'avoir miraculeusement retrouvée, mal guérie de tes doutes, craignant la rencontre orgueilleusement différée. Nous n'y sommes pour rien. Aimons avec ruse. Fuyons, afin de reprendre espoir. Encore la jeunesse nous joue ! J'oublie d'exalter l'amante. Si bien qu'elle pleure. Elle s'entête à haïr la révolution. Je prends sa tête lumineuse : je brûle de ton huile jamais assez lourde, n'oublie pas que je porte une lampe fragile, ne sois pas une idole sans foi !

C'est un piètre isoloir qu'une union de tous les instants où les âmes démordent. Et elle, en écho : « Grâce à l'oubli glissant des nuits, arrache de ton cœur cette braise irréductible. »

— En rêve, tu étais pleine de miséricorde, j'avais le crâne tout emporté, tu me soufflais ton ardeur dans les veines, tu geignais acérée, je t'avais trouvée dévoilée presque toute. Cependant je partais en voyage. Tu me recommandais de n'être pas distrait. Tu m'avais préparé des vivres, tu ne voulais pas que je vive d'amour.

Le navire allait lever l'ancre. Certes nous avions chaud et peur ! Je te promis de te rapporter quelque chose de symbolique. Nous étions debout. Tu clignais des yeux. Peut-être te croyais-tu héroïque. Nous l'étions.

Après le rêve, tu chantais ton origine orientale. L'Egyptienne qui accordait tes roulades, ce dut être une femme infaillible, prodigue de l'art des grands yeux.

Il faut un silence à faire pleurer un seul crapaud, un clair de lune bien étalé, que tu puisses marcher, sans écraser une âme curieuse...

Cette impatience de troubler ta vie avec des mots dont je perds méthodiquement le secret ! Car ta beauté figée dans le secret, quelle menace !

Pour ne rien perdre de l'épopée que nous allions vivre, j'eus recours à plus d'une légende. Je commençai par te disloquer. Il m'apparut que ta tête était petite, tes traits d'une finesse intolérable. Je fis de ta tête un objet précieux. Je laissai donc tes regards me fracasser, craignant qu'une mesquine parade n'altère leurs éclats. J'eus des blessures de plus en plus recherchées. Tu t'éloignais toujours dans la mer trouble, sur un fond violent. Un rêve dans un rêve. Celle qui s'éloignait te ressemblait à peine. « Je t'offre mon corps en étoile de mer, mes yeux sombrés et le sel de ma langue », disait-elle.

Bientôt, elle m'annonça sa maladie. D'où te vient-elle ? demandai-je.

— D'un magicien que je hais. Je m'attache à toi.

Elle gémissait.

Il y a des fois qu'elle se raidit contre moi et je l'emporte comme une fourmi morte. Cela ne s'arrête pas là.

Je sens à la longue que ce qui m'obstrue est la plus grande partie d'elle, qu'il ne me sera jamais donné d'emporter. Même de si près, elle s'obstine à vivre de mon sang et me passe traîtreusement la main dans le cerveau. Elle croit me caresser.

Parfois je me retourne à la manière des animaux

indépendants, pour la désarçonner. Je considère alors sa tête toujours délicate qui me sort des yeux. De tels spectacles me réduisent à l'adoration sans réserve ! Au seuil de corridors aveuglants, je promène donc cette arrimeuse de pas et d'arômes et, malheureusement athlète, j'engouffre un bref remords d'errer. Tourne la montagne à l'incendie, et contemple ! Vénéneuse ardeur de ses bonds. Elle sort du bain, où le chypre fume et fond sur les dalles, et je tremble d'ouvrir le coffre à la sorcière. Elle a des retours d'ennemie, me rit et reprend ses destructions. Autrement, par volonté de tout perdre, elle se mêle à ses amies si profondément que je disparais.

Quittant sa chambre, je posai ma main sur un ponton, le port et les navires faisaient rire. Elle vint en courant. Je l'accueillis à coups de poing. Je ne sais où fuir cette fois, où finir ce dépeuplement. Cinq heures du matin. Nuit lugubre. Toute une montre s'est vidée dans la ville assourdie. Ah ! que je file enfin, que je m'allonge ! Locomotives lâchées sur nous. Du vin et du tabac. Il semble que nous allons engloutir, d'un sanglot, toutes nos patiences ! Elle boit peu et mal. Je ne regrette rien, que son calme. Et l'air est plus mortel que la mer. Un citron au bout de ses dents, elle file dans une chaloupe de basane, sa chevelure entre les dents, femelle aux cheveux écrasants, ses rires tombent à l'eau en nombre exorbitant. Durant toute la chute, je vois son venin circuler dans les algues jusqu'au fond de la vallée. Par le même agréable phénomène, elle me gagne de vitesse. Le ciel rapide brûle les terrasses. Je connais une effroyable débâcle et deviens insensé, pour avoir absorbé si peu d'alcool au citron.

Qui n'a pas connu une certaine cérémonie au moment du gouffre ne peut imaginer l'écœurement qui me fit vomir une âme prodigieusement colorée. Et je claquais des dents, comme un enfant mangeant la neige, anthropophage victime d'une abstraction.

Rouges, mes yeux n'ont pas été abusés. Un bras vert, pas de couleur, mais de verdure, nous soulevait. Rouge, je me considère non sans stupeur revêtu d'un pan de sa robe incrusté à mes muscles.

Expire, que l'air enfin nous soit moins étroit! Je sombre dans un spectacle de vandale, enfermé dans les arbres, éprouvant furies et fatigues, quels titans j'opprime à ton approche! Par quel durcissement tu tournoies, force échappée! C'est toi qu'il faut mener à l'avant cette fois, triste vivante! En chant torrentiel, avec une tristesse jamais venue si près, dans les herbes qui nous dévorent jusqu'aux essieux, la journée fignolait nos ombres éperdues, j'avais peur de m'envoler sans plus de façon à l'air, atrocement relevé de routes où j'eusse perdu le sens, amoureux d'elle *et cætera*, en compagnie de Tibulle à trois reprises dépossédé de trois femmes ou plus, bien après que les émeutiers eurent caché leur feu dans ma poitrine, et c'est pour ça que je piaffais, et pour d'autres raisons du même ordre, à peine si je savoure désormais quelques instants d'intimité publique, presque sans elle ou du moins pas précisément nous, renvoyé de wagon en wagon sous prétexte que je pleurais, pris en pitié par des ménagères, au retour d'un écœurement issu d'années remplies jusqu'au bord, apprenti puni pour avoir émigré avec un véritable état d'esprit, yeux encensés comme ce qui est composé de plans sensibles, désireux de me battre subitement isolé, je me surpris à faire glisser le train tout en le retenant par la portière, hésitant à la pensée de partir prisonnier d'une contrée trop longtemps admirée, avec tant d'amis neufs et de rivaux quelle souhaitable randonnée ! Mais il est une classe d'êtres provisoirement opprimés dont je pourrais partager le malheur.

Toute femme aurait-elle cet horrible ascendant ? Vénérant les ruisseaux qui suintent des boucheries, j'assiste à nos plus insoutenables mutilations, d'abjects présidents t'ont fait prêter serment de capturer tes amants, délaisser quel coursier, et lequel enfourcher si tous tu les oublies ? Au récit de tes puissances en moi seul forgées, je songe encore à te rejoindre, ensuite un aperçu de tes richesses faillit m'induire en erreur, alors que je sais la vaine force de tes marées puisque je reprends ma liberté, les dimensions de notre effervescence n'ayant eu que trop de mobiles, trop de précédents ! Laisse-moi savoir que nous n'avons rien partagé, de cuisantes complications prouvent que nul ne peut rompre avec l'autre, enfin l'un de nous se subtilise et le quiproquo s'ennoblit, montre que j'ai dormi à tes côtés, tu ne peux, simplement parce que je n'ai guère eu l'idée de ta compagnie, je n'emporte pas ton portrait.

En admettant que la nostalgie rende sérieux au spectacle du passé qui va sans doute remuer, je me sens d'humeur à te vider dans mes mains quitte à te lancer ainsi qu'une boîte ouverte, voici un instant de plus où je vais te rendre à la foule et l'aimer plus à l'aise : comme il est aisé de s'en aller quand on s'est mêlé entre tous ! Je me demande à présent si le tête à tête ne trépane pas ceux qui persistent l'un contre l'autre, s'étant diaboliquement claquemurés : l'abus du miel et du tabac les a rendus mornes, c'est le moment de retourner au désert, ai-je besoin de tant de force ? Assurément, un signe de toi et je reviens comme un cloporte, et je te rends aveuglément ta beauté : cet ouragan pictural qui m'emporte la vue, est-ce toi, n'est-ce pas la conséquence des mauvaises rêveries ? Je ne peux que regretter la violence reconnue salutaire, le crime seul aurait donné l'illusion de l'intimité, mon bras s'élance, une ultime étreinte ne t'aurait pas rapprochée, nous sommes décidément en partance, tu es chaleureuse et faite pour errer librement, nos ancêtres n'ayant jamais détourné leurs compagnes, comment t'offrirais-je de partir avec moi ? Du moment que deux amants se doivent une mort discrète, la courtoisie des mâles consiste en un amour vite étranglé ! Pour une bonne minute qu'il est donné d'explorer, l'amour prépare l'âme à la mort, étrennons nos mémoires en vitesse, mes doigts se brisent au toucher de ta fraîcheur, ta chevelure emporte au-devant de nous une dernière vision de l'inhabitable et te ménage des trous somptueux dans les griffes du train de nuit, adieu ! que je ne te retrouve plus ou l'un de nous finira écrasé, adieu, je ne devrais pas le dire, la complexité des voies nous ayant d'elle-même dispersés, surtout sache que nous n'avons pas vécu en même temps, ce n'est pas moi qui te couvrirai d'éloges, ta beauté ne m'a pas consolé de l'amour, je demeure par nature en avance sur les regrets, longue vie ! Ne me regarde pas à cet instant précis, ne jette pas tes regards sur moi seul, je ne me souviens pas ! Eclats de l'univers souillé par l'eau, en larmes je te vois m'arracher les images une à une, c'est une impression d'océans qui me ferment le bec. Je ne me souviens pas !

     Le vent qui veut jamais rester dehors
     Le soleil pénétrant qui nargue
Et les pistons s'envoient des coups de poing furtifs
                              Plus vite
Sur les frissons du fleuve mort de peur
Et le cheval fumant gronde en un corridor épouvantable
                              On traverse
                                   L'Enfer
Pourtant on est passés, le monstre s'est adouci et *leurs* ponts sont solides
          Mais
On se sent fragiles comme des œufs
Sur une peau de serpent traînée par une fourmi gémissante qui vomit

Des nuages sur les lauriers-roses

Trois marchands en vadrouille devenus orateurs mettent je ne sais combien pour allumer la cigarette au briquet aveuglant, encore un peu et les moustaches communiquent la flamme aux turbans ébranlés
   Je vais fumer à leur place
   Aujourd'hui ou demain on est tous bons pour l'Enfer, ça purifie

Nous aimons tant les voyages, bien que n'ayant point accès, en tant qu'Arabes crasseux (qu'ils disent, les cochons) dans *leurs* wagons et dans *leurs* cabines
      La fausse vierge toute nue
            On lui voit les genoux
                    Si délicate
                          Elle doit taper sur les machines d'où sortent les procès les discours et les guerres
                Ne peut longtemps supporter Notre présence. Elle s'étire douloureusement à chaque station (c'est beau, c'est jeune et ça s'ennuie), s'empare du cœur de l'orange et du pays.

Et voilà qu'elle sourit. Si je n'avais pas ma barbe blanche, je lui dirais
      Comment je vois l'avenir
            On arrive
                Passons sous l'ascenseur
                      Visitons la gare

Et de là se couler vers le port
Nous descendons d'un train de nuit
Nous
Grand-père Mahmoud
Faut le dire à personne je vais voir un grand homme
                    Avec un tatouage sur le front
Un ancien ouvrier devenu savant malgré les prisons et les maladies
Mais savoir quelle rue
            Il échoue rue du Croissant
            Que remplissent les cultivateurs
            De quoi ?
            Ruinés par la ville
            Ami du père de l'oncle de sa mère

> A fait le rendez-vous des épaves de
> la tribu
> > On les croyait tous morts ou assagis
> > > Il est perdu
> > > > Dans d'autres rues

Lui qu'un de ces maudits parents rafla
> > Puis délaissa
> > > Parmi quelques voleurs
> > A demain
> Mahmoud boit avec eux
> De ce breuvage servi dans des tasses
> Réjouir l'œil
> Et tromper les croyants
> Puisque j'y suis
> Allons-y
> Comment ?
> C'est moi qui paie ?
> > > Minuit
> > Et les voleurs

Il tient l'un des filous par le revers de la veste
— Qu'est-ce que j'ai fait ?
> > > Silence
> > > > Dieu m'est témoin

— Attends mon père, attends, tu es fou ?
— File
Ah ces paysans
> > D'autres cousins sont retirés dans une

impasse
> > > Devant des tables longues comme des

cercueils
  Ce vieux-là
  Si on le laisse
  Va se faire dévaliser
  Par des étrangers

LE POLYGONE ÉTOILÉ

Mieux vaut que ça reste en famille
Prends-lui l'argent
                Mais quand il entend ça
                            Il est déjà
                                    Encore à la gare
Bon Dieu
    C'est la peur
               C'est la ville
                      C'est l'âge
                            Misère
                                  C'est la première fois
Que je suis à Alger
                Tant pis
                Je reviendrai
                        Il court encore
                              Les souliers à la main
                    Où c'est
                        Qu'on s'assoit
                              Nous les pauvres
Pas si pauvres que ça
                      Trouve enfin une place
                                    Et chantonne
Les camarades l'attendent avec des têtes de mort
C'est beau Alger ?
                    Vous pouvez pas savoir
                          La prochaine fois
                                On ira ensemble

Tout ça, c'est du vent. Dans les usines, faut des papiers prouvant qu'on a déjà travaillé, faut passer tous les jours, ils ont pris l'habitude de voir des Algériens à leur porte. C'est loin. A notre époque, un chômeur consciencieux devrait avoir une bicyclette, et des habits qui ne Les dégoûtent pas. Il devrait les écouter en défilant éternellement devant leurs bureaux, en cachant ses cheveux frisés, le nombre de ses enfants et de ses maladies puisqu'Ils ont peur de payer trop de cotisations.

Et si on est trop jeune, célibataire, alors Ils craignent qu'on pille leurs savonneries, et qu'on débauche leurs innocents. Enfin, je sais pas, moi! On arrive comme tout le monde, mais dès qu'on avoue un prénom original, on se demande s'Ils ne vont pas appeler les gendarmes. Dans le Bâtiment, on fait que passer. Au bout de la quinzaine, le chantier ferme. Tu peux pas te figurer combien j'en ai rencontré, de tous les douars. Ils disent qu'ils travaillent, que ça va, qu'on va bientôt acheter une vache. Ils disent ça au bureau de placement, en faisant les yeux doux aux employés, comme s'ils rendaient de simples visites d'amitié. Naturellement, ils ne trouvent rien, et on les revoit soufflant sur un pipeau. Plus question de travail. Les registres sont grands ouverts sur les cuisses du restaurateur qui croit l'avenir assuré, du moment que c'est écrit. Les plus malins se ruinent et cherchent des associés, les consommateurs spéculent à leur tour sur les heureuses surprises de demain. Tout le monde met les bouchées doubles, et les chants achèvent d'humaniser ce drôle de commerce. C'est pas pour rien que les associés se multiplient, y a moins d'égoïsme, et un peu plus de bagarres, mais entre frères c'est rare si on se tue pour une portion de pois chiches. Sauf si y a une femme au milieu. Mais ça aussi c'est rare. On reçoit surtout des ambassades dans les pissoirs *tu dors ou tu me crois pas ?*

— Moi aussi j'ai fait le tour et c'est plus fort que moi j'ai poussé du côté des paysans. Y a un de ces bruits dans leurs fermes ! Pas étonnant. Ils arrachent les pommes de terre avec des machines. Ils m'ont dit de revenir demain.

— Et le maçon ?
— D'après le vieux, on verra.
— Combien on doit ?
— Plus de mille.
— Comment qu'on paiera ?
— Tu sais pas ? Je deviens célèbre en écrivant des lettres. Les Assurances, le prud'homme, la famille, les amours. Faut les voir insister en me refilant les drachmes. Tu peux pas savoir. C'est dur d'avoir les cinquante francs d'un manœuvre dans la poche. Je préfère ramasser les mégots. Je préfère brûler le train et faire un mauvais coup. Veulent rien savoir. Tu uses ta cervelle. C'est à nous de comprendre. Qu'ils disent. Et ils sortent leurs billets, dépités des imprudences de la veille. N'osent plus se fouiller pour ne pas décevoir

leur scribe. Moi je refuse. Alors ils me gavent de café.
Ils me balancent tout ce qu'ils ont sur le cœur, mais
c'est trop long. Leur moustache frémit. Et le café
devient amer.
— Tiens bon la rampe.
— T'en fais pas. On aura des idées.
— Pas dans ce café qui porte la poisse. Si on couchait à l'air, on serait moins tristes. Plus de connaissances, plus de patrie, plus de crédit, mais *du travail* et après on verra. Y en a des mille et des mille qui ont trouvé. Nous on est deux. Un qui rêve, et l'autre qui dort. Y a pas, faut qu'on travaille.

— C'est la dernière, dit le Corse. Il prit les cartes, et les battit longuement. Ammar glissa deux cents francs à Lakhdar.
— Je mise un sac, dit un mulâtre, qui avait bu son verre sans eau. Il sortait les billets entortillés, et ne pouvait les compter.
Il y avait douze paquets à peu près égaux. Les mains s'abattirent. Tous voulaient poser leur argent sur les mêmes paquets de cartes.
— Laisse, qu'ils s'énervent, dit Ammar. On retourne les paquets. La plus forte carte ramasse tout.
Le mulâtre gagna la première passe.
Le Corse cracha sur son pouce.
— On va fermer. Je mets cinq cents francs.
Plusieurs joueurs restaient les bras croisés. D'autres sortaient leurs réserves. Deux hommes réunirent chacun cinq cents francs. Un troisième n'avait que trois coupures et des petites pièces. Ce que voyant, Lakhdar tendit sa pauvre mise. Le Corse retourna une dame.

Lakhdar fit flamboyer son as de pique. Le Corse recula sur sa chaise. Il prit les cartes et fit violemment glisser le tapis. Lakhdar se leva. Un premier groupe quittait la salle. Lakhdar sortit le dernier, avec Ammar, et ils virent briller la bague à triple chaton. L'Oranais s'écroula. Lakhdar voulut le relever, et tomba. Ammar le cherchait, brandissant une barre arrachée à son banc. Le mulâtre et l'Oranais étaient avec lui.
— Lakhdar !
— Lakhdar !
Le chat jouait avec la cravate mouillée.
— Il ne portait pas de chemise.
— C'est la cravate du Corse.
— Pas du sang, ça ?
Ils suivirent les gouttes.
— Vos papiers.
La voiture se balançait sur ses essieux, comme une araignée. *Emeute à Casablanca* sur le journal du brigadier.

— Je te croyais perdu.
— J' suis pas un veau.
— On peut encore être pris.
Il n'avait pu baisser la tête
distinguer l'Autre derrière les caisses
mais il allait à lui par instinct
aveuglément
concentré en sa feinte
désinvolture de félin
oblique
nonobstant le salut des deux mains
qui prétendait à tout hasard

indiquer un enfant du port
aux manières sportives.

Ils ne tardèrent pas à s'allonger, la cigarette au bec, une fois scellé le procès-verbal (de cette jonction préméditée dans la gueule du loup ; la fausse alerte n'avait été qu'un rebondissement de dernière minute, ne pouvant plus les émouvoir) avec le dérisoire cachet d'aristocratie, les deux jargons, vestiges d'école coranique et de certificat d'études primaires, qu'ils baragouinaient à contrecœur et en gesticulant, comme pour rehausser leur effaré tête-à-tête.
Loin du peuple
entassé sur le pont
et qui, lui, payant
toujours sa place,
ne tomberait jamais aussi bas, ayant appris à prolonger sa chute, en bloc inconsolable, délogé de cimes sans nom, et dont l'errance brutale, abolissant la mousse après l'écorce, ne lui laissait que ses aspérités irréductibles de granit.

Après le crime et l'échec, ils serviraient incidemment de base, de hauteur ou de rayon, pour reconstituer le polygone primitif, le pays aux dimensions d'inégalité fondamentale qui jusque dans la mer les tenait aux chevilles ; si hardiment qu'ils se fussent aventurés.

Ils s'étaient vus chaque fois ramenés à la brousse, au feuillage en émoi, leur obsession, plèbe virginale fermée sur sa révolution, inaccessible aux négriers qui dansaient à ses pieds (une ironique justice ayant placé les 4e Classe en plein ciel, sur le pont supérieur) comme aux deux fugitifs.

LE POLYGONE ÉTOILÉ

Chaque fois que leur parvenait
la souveraine rumeur
ils se taisaient
Au bruissement des vagues
Et scandé à grands coups
De cannes et de sabots
Un air de cornemuse
Emanait de la horde
Eupatride
Qu'ils devinaient   rejetés de son sein
Attroupée   ils la perturberaient
Sur le pont   encore et à distance
Et ils se raidissaient   en proie à la cruauté fractionnelle
Par crainte d'aggraver
La déchirure
Le cœur entre les dents
En leur déroute
Prêts pour la piste
Sans autre but
Que la liberté
D'eau et de sable
Et la croyance en rien
En l'au-delà
Ils n'espéraient pas   Vulnérables
Le secours d'Héraclès   La fin de la torture
Paratonnerres   Nourrissant   En souvenir d'Atlas
        l'âme-oiseau
Angoissés
Portefaix de l'ancêtre   Autre frère cloué
    Silencieux   A l'arbre amer
Comme par accident   En sa vengeance machinale
Leur légende

Elliptique   Et recevant le baiser   De la récolte
         fou
Il n'en restait qu'un os à la gorge des juges
                              Confluence
Déjà condamnés   Des deux bras
Sans moyen d'existence   Vers l'embouchure
Agitateurs notoires   De sang trouble
Homicide volontaire   La branche morte
Fourche du coup de fronde
Lorsqu'Ali apprendrait
Pour l'instant   Comme toujours
C'était le souk finissant Sous la férule
L'école du soir
                    Ils récapitulaient
                    Serpents
                    Sous les rafales
                    Remémorées
                    La mélopée
                    Bizarrement
                    Familière et blessante
Et du pont à la cale   Comme le peuple et les oranges
Loin du peuple entassé   Aux odeurs humiliantes
Sur ce plancher d'exil   De patrimoine vendu
Avec les mânes de la horde

Au déchaînement final de la danse, ils trépignaient, chœur incarnant l'énigme, préparant son entrée, complice et solennel, dans la rumeur de l'orchestre et du public aux irruptions intempestives.

On aurait dit, à certaines minutes, la retransmission de profundis d'une assemblée revenue des élections truquées de la mortalité infantile, peuple d'écume et de roc, ne voulant d'aucun masque, fort de sa longue absence, se sachant enrôlé presque par malchance dans l'épopée qu'il traverserait à grands pas, de son geste murmurant, se refusant aux éclairages et aux premiers plans, ainsi qu'un alchimiste dans les ténèbres d'un savoir interdit, et dont il n'a que faire. Il en rêve pourtant, comme le déserteur à sa caserne.

La danse terminée, ils se remirent en marche, précipitamment, comme s'ils venaient de ressentir la marque toute nouvelle pour eux du joug qui les avait réunis, ne pouvant plus que buter l'un sur l'autre, et poussés l'un par l'autre le long de la coursive.
De la cale sur le pont et du pont à la cale

— Où on va ?   Vers des issues sempiternelles
— Par ici   Manœuvrés comme par des cordes

Avoir grimpé en zigzag, par-dessus le bastingage, près de la grosse cheminée, pour aboutir à cette barre métallique, ni assez longue ni assez large qu'ils occupaient obstinément, comme deux pirates se disputant un poste d'officier.

Coiffeur. Toute la journée au salon. C'est le boudoir (masculin) de tout le boulevard, à l'ombre d'un platane. Les Algéroises et leurs enfants observent la rapidité de mes soupirs, de mes ciseaux; étudiant libre et coiffeur. Mes étagères supportent plus de livres que de flacons. Mes voisins immédiats sont un épicier mozabite et un cafetier qui ouvre un large crédit à la jeunesse. Ni le café, ni l'épicerie, ni le salon ne sont garants de stabilité. Les clients du café sont imberbes, et j'ai installé un baby-foot pour être assuré de payer la location du salon, qui se transforme en dortoir, chaque nuit, quand je dispose des trois chaises pour faire mon lit.

Mon patron est un ancien marin, plusieurs fois hadj[1]. Au début, je ne comprenais pas pourquoi il m'invitait chez lui. Il me parlait de ses filles nubiles. Les jours où ma fierté m'imposait quelque absence, ses envoyés spéciaux me ramenaient au logis... J'en arrivai, par jeu presque, à manier ses peignes. Il me confia la boutique.

Depuis l'hiver dernier, il ne vient plus qu'une fois

---

1. *Hadj :* qui a fait le pèlerinage à La Mecque.

par mois, pour encaisser la moitié de la recette. Il a marié sa fille aînée, et ne me parle plus des autres.

Je ne conseille à personne la danse en rond du barbier. L'expérience m'a convaincu que l'agilité des doigts, si elle va de pair avec une conversation bien conduite, n'en épouvante pas moins le patient, mains encore maladroites, quand le cerveau est en sommeil. Il préfère le sabotage acharné du taciturne. Dans les riches quartiers, on lui tend des revues, pour couper les ponts.

Le patron entre en coup de vent. Il va droit au tiroir. « C'est tout ce qu'il y a ? » Je réponds pas. Il jette l'argent par terre. « Ramasse ta misère, et va-t'en. » Je prends mes livres en vitesse, et je marche sur une pièce de cinq francs. Toujours l'argent. Je réfléchis, puis, à coups de pied, je fais voler les pièces hors du salon. Il ne dit rien. Je sors. Dans la rue, je fais tomber un livre. J'en profite pour rafler au hasard quelques pièces. Cent cinquante francs. Et c'est encore moi qui perds la face. « Prends tes souliers, et va-t'en. » Y a pas à dire. En France, les chômeurs ont le baccalauréat. Les ouvriers et les femmes savent lire. Cafetier ! Pas pressé. Il lit la faillite dans mes yeux. Sans la musique, je monterais par deux étages.

Dis-lui, dis-lui.

Y a-t-il rivière à traverser ?

Où faut-il s'envoler ?

Allez, je mets les voiles. Galop d'ânesse rêvassant à la hâte ; d'emblée, cette cocasse vision doit son essor aux pavés giclant sous la masse, reptile envahissant, du trolleybus, et l'ânesse multipliée s'avère être un troupeau anachronique traversant la capitale à la hâte. Grouillent les esprits des bars. Ils ferment à dix heures. Paupérisme et nuits d'Orient.

LE POLYGONE ÉTOILÉ

Demain appareille pour Marseille le *Ville d'Oran*. Certains passeront la mer, d'autres les entourent sans les connaître, avec la tristesse ambiguë qui accompagne les morts.

Laisse-moi dormir. Les prix montent. Une condamnation de plus ou de moins. Y a du travail à Marseille. A Lyon. Dans les mines du Nord. Dans les fleurs du Midi. On touche trois fois plus pour les enfants. Si on trouve pas de travail, on prend une femme. Ou le chemin du retour. « Misérables, disent les Anciens, misérables de l'éternel retour ! Vous avez la terre, et vous prenez l'eau ! Vous avez des enfants, et vous voulez des femmes. Comme nous, vous y laisserez les dents et les bras. » Surgi de la nuit, le premier tramway ondule, avec un tintement de bijoux massifs, rempli de femmes de ménage aux voiles blancs. Le cul-de-jatte revêt son calme de la journée. Le pavé brille au pied de l'hôtel Aletti dont les vitres reflètent l'eau toute remuante d'ombres et de buildings jaunis, rasés à mi-taille, aux lumières arrachées en la fuite soudaine des ténèbres, aux flamboiements étales sous l'eau sans cesse repliée. Six heures. Femmes de ménage, balayeurs, gardiens, marchands à la sauvette, manœuvres, paysans, gendarmes, ivrogne, charrette, voyageurs, nomades, caporal, banque Chabasseur. Lakhdar accélère. Comme chaque matin, il longe la rampe, traverse le square. La route. Le carrefour. La grande bâtisse préfabriquée, posée comme par hasard au beau milieu de la cohue. Lakhdar salue des bras une grande partie de ses six mille collègues. L'enfance et les chômeurs, foule baroque, énigmatique. Marchands de thé. On attend. Lakhdar s'engouffre. Foyer des dockers. Les tables de métal vert prennent au menton la populace vaillante du petit matin. Vagues de pieds nus et cornus autour des trois hommes du comptoir. Le cuisinier, assis, la tête à son guichet, distribue les quolibets avec des fureurs grasses. Le vin chavire. Les poches pendent, vite délivrées. Les articulations craquent. Soupirs.

Hier, 17 septembre, M.G.A., 70 ans, docker, demeurant à Alger, quittait le *Ville d'Oran* amarré devant l'immeuble de la Compagnie Transatlantique, lorsqu'il fut coincé entre le flanc du navire et une palanquée, au cours d'une échauffourée, pendant la distribution des jetons de présence pour l'après-midi. Une enquête est ouverte. En dernière minute, nous apprenons que le blessé est mort à l'hôpital.

La sirène de sept heures appelait furieusement les hommes, de quai en quai, sous le contrôle inévitable des pointeurs juchés à mi-coupée, dans l'art hautain des mégots rallumés au plus étroit de la ruée, et les supplications des chômeurs rejetés d'une vibration sournoisement imprimée aux cordages. Il fallut à Lakhdar, une nuit blanche après l'accident, s'offrir tout ébloui au regard du pointeur, éviter les témoins d'hier, choisir la cale du fond, comme pour se punir, pardessus la honte, d'avoir saisi sa chance des mains ouvertes d'un vieillard. Si au moins il était mort sur l'heure, ou avait cogné avant de lâcher les jetons. Non. Il était resté immobile face à la palanquée, les poings ballants, montrant les carrés de carton entre ses doigts dont plus d'un était déjà pansé, comme pour attirer l'ardeur des sans-travail en un combat irréel et préconçu, et même on pouvait le croire mortifié — quelques secondes avant l'accident — de serrer tant de salaires, tant de bonheurs collectifs dans ses poings qu'il tendait à la foule, avec une sorte de paternalisme « au-dessus de la mêlée », ne rendant pas les coups, de sorte que Lakhdar n'avait pas eu l'impression de lutter, mais de récolter mystérieusement les biens et les présents de sa Jeunesse Interdite. Il n'y était pour rien, et le sang n'avait pas coulé. Il n'y avait eu qu'une chute et un silence, et la palanquée tournoyait encore dans son retour oblique vers le pont, se rapprochant du treuil dont le ronflement berçait toujours l'assistance étonnée, tandis qu'un bureaucrate de la compagnie retournait la tête cendrée.

— Il a vraiment perdu connaissance.
— Habituellement son fils est dans les parages...
— Il a droit à l'assurance.
— Son carnet, personne n'a vu son carnet ?
— Il fait le mort, à son âge on connaît la comédie.

Lakhdar se laisse tomber dans la cale. A présent, les touristes paraissent, au-dessus des huit dockers lents à la détente, considérer la rage au travail du plus jeune. Redresse ! Maille à droite ! Yallah, yallah — l'invocation est devenue un fouet à cent queues — *le syndicat a supprimé les châtiments corporels.*

— Si c'est moi que tu veux tuer, je monte !
— Et si c'est moi qui descends ?
— Je t'ajoute un tatouage.
— Je te crève un œil.
— Je te rends le bracelet de ta femme.
— C'est ça, les Musulmans ?
— Attrape un peu ton sac.
— Tu connais la nouvelle de la « Lune » ! C'est Marcel

qui l'a prise en taxi. Une Espagnole blonde capable de t'attacher à ses cheveux.

— Ho! Tu règles ta grue, ou je te prends une molaire.

— Fils de putain, c'est la machine qui travaille (le treuilliste ne peut trop insulter ceux qui triment, il fulmine à part dans ses balafres; il attend que les bavards soient bien en vue pour lâcher le filin).

Oui, les sept de la cale III ont assisté à l'accident, sauf peut-être les deux professionnels. Ceux qui ont du boulot tous les jours, ils sont tous au syndicat, ils en imposent aux contremaîtres, pas besoin de se battre pour les jetons. Mais ils étaient aussi autour du vieillard, parmi les occasionnels, bien qu'ils se donnent aujourd'hui l'air de remarquer Lakhdar pour la première fois, comme s'il ne s'affairait pas, précisément, pour conjurer cette apparente indifférence : les fils de Bab Dzira[1] ont une sacrée mémoire... Ils ont le corps bombé exactement comme un fût. Ils ont du torse, du postérieur, du rein, mais pas tant de muscles depuis que les grues les manœuvrent, pareils à du menu fretin, le plus souvent lâchés dans un soubresaut diabolique et jetés dans leur chiourme sous-marine, parmi les matières avariées ; oui, elles sont bien dans le secret de Lakhdar, les silhouettes titubantes ! (Doigts gonflés de bagues énormes, sandales doublées de sable et de goudron, moustaches en pointe dont la rouille combine les tons de l'écume et du tabac, ou bien taillées à la mode si l'on ne désapprouve pas les canons de la jeunesse, chéchias acquises à vil prix sur les émigrés de Bizerte, épaisses, crépues, écarlates, dont on a coupé le gland pour se distinguer des rabbins, ou qu'on

---

1. Terme barbaresque désignant le port d'Alger.

entoure, à la corsaire, d'un foulard passé de la prostituée à son docker chevronné, yeux caves envahis de spectacles mouvants et infinis, yeux mouillés et brûlés dans le grand large et le vin, tant la mer et le *Bar des étrangers* ont harmonisé dans ces prunelles l'abstrait et le concret, le rêve et le travail, la débauche et la vigueur, le vice et le sentiment — dents solitaires que le métal illumine en souvenir de raclées désormais radieuses à raconter — tabac à priser marinant dans un silence amer et quelquefois timide, car ils ne sont pas forcément d'Alger, les vieux, les professionnels venus sans escales du Tell au centre d'embauche, où l'on ne compte plus les heures passées à se serrer, transis et vigilants : tout au plus la récolte, les travaux saisonniers ou le petit négoce ont-ils rapporté quelques milliers de francs cousus ou rangés sous le turban et il ne faut pas moins d'une saison pour apprendre à meubler les mots *Contremaître* et *Syndicat*, il faut savourer les journées de travail des autres, en obtenir de maigres éclaircissements, sympathiser avec les fils d'autres tribus et convenir qu'ils sont aussi forts que soi, aussi chargés d'enfants qui dorment moins encore que leurs pères et leur interdisent l'entrée des tripots, aussi résolus à mourir pour un carnet (qui fera, si peu que ce soit, *l'argent du chômage*, le bonbon rouge du nouveau-né, à défaut du pain quotidien), carnets roses, couverts de signatures indubitables, parcourus de colonnes où l'on pardonne mal d'écrire si grosses les heures passées, avec le nom de tous les enfants et de toutes les épouses, malgré les rafles de la mort — *la bureaucratie a de ces froids égards* — on apprécie ainsi, comme une victoire sur les temps modernes, les cachets patronaux, symboles contraints à l'atterrissage ; Lakhdar n'a pas la vanité de désirer à ses débuts une si infaillible amulette, qui vous fait dépositaire de la loi, et vous engage à consentir un maximum d'heures dans les soutes — *C'est la prime qui fait vivre* — *N'est pas affranchi qui ne descend pas à la rencontre des 33 %*, autant de pages au carnet inespéré qu'il faut remplir à la faveur des cohues de grand matin ; coller à la barrière *encore un instant*, et jouer du coude jusqu'à l'apparition des chapeaux et des casquettes, il s'agit alors de montrer un acharnement de bon aloi, sermonnant les naïfs qu'on côtoie avec des ruses organisatrices et blasées — *Allons, ne poussons pas comme des bêtes !* — Enfin dire *tu* aux sommités, frayer si possible avec elles à coups d'épaules fraternels.

Lakhdar s'est tacitement institué chef d'équipe, pas tant parce que sept hommes l'ont vu bénéficier de l'accident et que nul ne peut dire combien de jetons il a pris au blessé, ni s'il en distribuera pour se faire des complices, mais à force de siffloter, couvert de sueur, aux quatre angles de la cale, sur les pommes de terre affaissées, entassant à lui seul le plus clair de la cargaison — plus que quelques palanquées, à en croire les appels délivrés montant du quai avec un premier cri de sirène ; Lakhdar plonge la main dans sa poche, rien que pour palper le bout de carton ; il faut choisir : descendre et aller à la paie — ou se tapir dans le creux qu'il s'est ménagé entre le faux pont et le plus haut tas de sacs. *En un jour je peux être à Marseille* — ou alors ne plus tarder à franchir la coupée vers le plat de riz, et, ce soir, il y aurait *mille francs* sous le couteau, non seulement le plat de riz, mais une friture de rougets. Resterait le billet de mille à déplier loin de la mer si, du moins, il dépistait les faux frères. Ils ignorent qu'il a jeté les autres jetons *pour ne garder qu'une seule chance :* à plus forte raison, les faux frères dépistés, le billet de mille ouvrirait l'ère du mépris. Tandis qu'à Marseille, il se ferait d'autres comparses, et il achèterait un chapeau. *Je reste.* Demain il fera jour sur un autre port, autrement actif. *Tant pis pour la paie.* C'est la moindre des punitions. A reculons, le quai replie ses richesses. Est-ce le dernier cri de la sirène ? Silence de tubercules ressuscités dans le silence du *grand voyage*. On n'entend plus qu'un faible roulis de chaînes, interminable... *Toujours elle s'éternise, la rupture des amarres.* Les officiers sifflent, le dos tourné aux séductions algéroises. *Tant pis pour la paie.*

— Rien que des pommes de terre, dans ce bateau ?
— C'est tout ce qu'on a chargé.
— Je monte voir.
Brahim franchit l'échelle. Lakhdar suivit jusqu'au faux pont. Ils furent séparés par un bruit de souliers ferrés.

Dans la soirée :
— Y a qu'à faire comme si c'était le Ramadhan.
— Moi, j'ai pas faim.
— Il pleut.
— Non, c'est la fraîcheur.
L'ascension s'était faite en zigzag, à partir du faux pont, en rasant les cuisines, jusqu'à une barre métallique fixée entre le pont supérieur et le carré des officiers, parallèlement au bastingage, dont ils pouvaient essuyer la rouille du pied, à condition de peser sur le rectum : la barre était large de vingt centimètres ; elle

n'était pas assez longue pour les deux corps étendus sur le côté. Ils s'allongeaient à tour de rôle. Ils pouvaient espérer pour plus tard — les lumières ne renseignant plus l'équipage — un somme libre à même le pont ; or l'un et l'autre évoquaient bien des stratagèmes, sauf de redescendre. A croire que le sommeil du *Ville d'Oran* terrifiait davantage que ses contrôles journaliers, et « le grand voyage » inoculait à cette nuit ils ne savaient quoi de confiance en leur détresse, de foi en la machine humaine. Ils recevaient le vent au gosier, à l'estomac, et baissaient la garde ainsi que des pugilistes magnanimes, encaissant les paquets de mer chaude. Ils fermaient l'œil sur un chant intérieur ; le demi-sommeil les emplissait de pensées fortes et informes qu'ils retenaient, ainsi que des chats qui attendraient la solitude pour dévorer leur proie ; Brahim surtout retrouvait ses ambitions du grand jour.

— Je remets pas les pieds au pays. Ou plutôt, je reviens tel que j'étais parti, mais je fais suivre cent complets pendus dans des valises pareilles à celles de Ray Sugar Robinson.

Les prévisions de Lakhdar n'étaient pas moins rigoureuses.

— Une fois payées les dettes de grand-père, je rachète les soixante hectares, je fais venir une Parisienne à cheval, et je dis au colon : vous pouvez faire le vide.

— J'en ai marre de boire l'air.

— Tu crois que le sang va pas descendre ? J'ai les pieds qui dorment.

— Claque des dents, ça fait circuler le sang.

— C'est pas une vie !

— C'est le chemin des Ancêtres. Ce monde n'est pas pour nous.

— L'autre non plus, peut-être.

LE POLYGONE ÉTOILÉ

A midi, ils s'engageaient le long d'un couloir aérien nouvellement crépi, incorporés à une famille qui exhibait de loin ses tickets. Grisaille monumentale. Abasourdis par la variété des bagages et des féminités, ils ne s'étaient pas avoué l'essentiel : Lakhdar n'avait qu'un acte de naissance vieux de cinq ans, et la carte d'identité de Brahim, délivrée par les autorités militaires des territoires du Sud, était couverte de caractères arabes à moitié effacés.

— Presse-toi.
— On est à Marseille !
— C'est grand.
— Nous aussi, on est grands.

Le couloir s'allongeait, coupé de marches donnant sur des galeries où la foule se divisait, tout en grossissant.

Brahim ralentissait, l'œil lointain.

— J'en vois un, là-bas, qui est sûrement de chez nous. Le noir, le frisé, avec une chemise de toutes les couleurs.

Le personnage dit qu'il était d'Oran.

— Pas si loin que ça, cocagne ! Y a le poste de douane. Vous avez rien ?

Ils étaient devant un guichet fumant. La jeune femme égouttait les frites. On lui aurait mangé les cheveux.

— A vous l'honneur, dit Lakhdar.
— Attention, dit l'Oranais. Quand j'ai débarqué à Marseille, j'ai voulu goûter la soupe au poisson ; ça fait que j'ai couché dehors, et la police m'a repéré. En pays étranger, faut pas dépenser avant de s'enrichir.

Ils tournèrent sur une place flanquée de brasseries très vastes. Ils remarquèrent, en dévalant une rue à pic, un nombre incroyable de nègres et de Nord-Africains.

Ils baissaient les yeux sur les flaques immondes, reconnaissaient des costumes dont l'élément national était le passe-montagne kaki et l'uniforme de la dernière guerre. Ils passaient en revue les cafés où ne manquaient pas les enseignes orientalistes, jusqu'aux touffes de menthe qui ornaient les verres de thé vert. « Oui ou non avons-nous traversé la mer ? » disaient leurs regards détournés de groupes indéracinables qui marchandaient les guenilles, tendaient les paquets de Bastos. Marseille n'était plus que ce corridor de casba. Le soleil pâlissant sur de vieilles murailles. Une automobile aux antennes cafardeuses, longue comme un corbillard. *Commissariat de police.* Un attroupement sur les marches, et, à grands cris, haraguant les trafiquants, un sergent recruteur.

— Rappelez-vous. Rue des Chapeliers.

Il y a dans l'homme un fond de niaiserie qui lui fait toujours redouter d'être plus bête qu'il ne l'est. Tel était le gendarme qui arrêta encore Si Ammar Mauvais Temps, à l'une des frontières du pays où il se trouvait, par le plus pur hasard, chargé d'une guitare et d'une valise pleine de fleurs — de chanvre indien, bien entendu.

Va pour la guitare. Mais les fleurs ? Et dans une valise ! Peut-être un fou ? Sa carte d'identité ne laissait pas de doute. Il était expulsé du pays où il se rendait, d'où il venait aussi en droite ligne, à en juger d'après la brève chronologie de son aller-retour.

Imaginez sa vie tourbillonnante, ce Bienheureux, et

chargez-le encore d'un tout récent mois de cellule. Sans argent ? Non. Sans tabac ? Non. Sans guitare ? Non. Mais sans sa flûte.

Pourchassé par les Messalistes — Raspoutine ayant disparu à jamais de ses hymnes — il alla au jardin que cultivait en fraude un vieux compatriote introuvable à toute heure, noctambule, méfiant, entraîné depuis son jeune âge à ramper, à grimper sur les arbres, à sauter par-dessus les murs, à tomber d'un troisième étage et à dormir debout, tout en marchant, la tête légèrement inclinée sur l'épaule et soutenue d'une main, comme sur un oreiller, toujours en sifflotant, car il ne parlait guère, usait en virtuose de sa langue, de son palais, et de ses lèvres fines, pour émettre les sons d'un morse inimitable, allant du monologue et dialogue intérieur jusqu'aux informations et aux querelles à distance avec l'élite de ses disciples, jeunes vagabonds de son espèce qui le ravitaillaient et prenaient soin de lui comme d'un poste émetteur dont dépendait leur vie, et c'était en sifflant longtemps, sans se lasser, dans le jardin abandonné où le vieux vivait en serpent à sonnettes, partout et nulle part, sans jamais se montrer, que Mauvais Temps avait fini par obtenir une réponse, et voir se profiler deux spectres, l'un après l'autre : le vieux n'était pas seul. Il y avait aussi Staline de Guelma. Sublimes embrassades ! Si Ammar Mauvais Temps avait passé dans ce jardin des journées, et surtout des nuits, qui le laissaient rêveur, tandis que le gendarme tolérant cette floraison qui pouvait, après tout, être une tisane pour les sauvages, refermait la valise et passait à la contre-attaque.

— Tu ne peux plus aller en Allemagne.
— Pourquoi ?
— Tu le sais bien, on vient de t'expulser.

— Et alors, où je vais ? Je retourne à Marseille ?
— Pas mon affaire, descends ici.

L'Oranais entra dans un bar peint en vert. Ils furent reçus, contre le zinc, par le vieux tenancier, sa femme et son fils. L'étagère était vide, mis à part deux numéros de *l'Algérie libre*, et une photo de Bourguiba clouée entre deux piments de Cayenne.

— Y a toujours les bancs. Vous mangerez avec nous ce soir.

— On vous ouvrira un compte, appuya l'Oranais, et vous paierez tout en même temps.

— Y a du travail ?

— Pas se casser la tête. Vous ferez des kilomètres, et vous verrez. Si vous avez des papiers foutus, ou pas de papiers, comme tous les nôtres, faut pas vous en faire. Je connais du monde. Y a un maçon qui vient prendre l'apéritif ici. Des fois il embauche.

Arles.
— Si j'avais su. Une flûte et une pipe... ça c'est un fleuve ! Pont métallique. Bombardé. Remis en état. A part le pont, ruines tenaces. Le trafic avant tout. Toques noires aux fenêtres, vaste rue. Casquettes. Fleurs. Musettes. Vélos. Bagne libertaire. Quoi de plus poignant que des prolétaires en quarantaine ? Rancœurs de la petite industrie. Pêcheurs assis sur une presse évasive. Chiens. Sentinelles de la faim. La folle. Si jeune, et folle. Tendresse de la misère pour la folie. Jambes rongées par le vent. Mamelles. Génisse sacrée.

Arles, c'est encore l'Orient. Sauf l'opulence du paysage. Voilà que je déconne. Au bout du rouleau. Sentences du colonisé étranglé par une fausse culture, écœuré de grandir sur sein de marâtre, la découvrant belle, douce, et vomissant, pour rester digne de ses pères. Sale virilité ! Dormons.

Lakhdar gît de tout son long, en équilibre sur le parapet. Dix heures à l'horloge. Saisir une écaille de temps, comme un chat aveugle. Ne plus voir les étoiles. A d'autres les étoiles.

« Mais il va tomber, celui-là ! » Brune, celle qui a dit ça, à son fiancé ou à son père ? Divins accents du Midi et de la femelle. Bien sûr, je vais tomber, si je dors. Musique sur l'autre rive. Bal d'été. J'y vais. Tiens ! On entre sans billet. Droit vers cette chaise. Somnolons en touriste blasé. Si j'avais fini mes études... Je soutiendrais qu'il y a des calories dans la musique.

Dire qu'ils n'osent pas entrer, ces compatriotes figés dans un sentiment bien national. Respirent la poussière des filles de la Camargue. Attendent. A quoi pensent-ils ? A cette dame centrale, digne d'une danse plus sauvage ? Au prix du quintal de blé à Tizi-Ouzou ? Misère, c'est vrai qu'on est tous partis ! Se débarrasseront jamais de leurs talons d'acier. Ni bivouac ni cité. Pas l'air d'avoir réussi. La nostalgie. Départs massifs en fumée. Ils m'ont reconnu. Me prennent pour un privilégié, un traître sur sa chaise. Savent pas que c'est gratuit. Veulent pas se mêler à d'autre foule que la leur. Au diable cette chaise ! Je dormirai une autre fois.

— Pardon mon frère, râle Lakhdar, mécontent de son accent déjà marqué par la France. C'est loin d'ici, Paris ?

L'homme à qui s'adresse cette question ne sait pas

qu'il frise, avec l'agreste prestance d'un général romain.
Frise aussi la quarantaine. Et frise la tuberculose.
Gigantesque cependant. Balafre croisée au menton.
Chemise sans col, déchirée au cœur, fraîchement trempée. Pas lavée. Simplement trempée dans le Rhône,
et battue avec les pieds. Pantalon kaki. Une bouteille
vide pendant de la musette (Ah! Si la naïve épouse
voyait cette bouteille au flanc du père de ses enfants,
elle qui expédie les amulettes chèrement payées en
vue d'un prompt retour au pays natal!) Les compagnons de ce provisoire citoyen d'Arles paraissent tous
jeunes. Regards perdus. Heureux de rencontrer Lakhdar, un frère instruit, un qui se débrouille.

Le gigantesque.

— Paris, c'est pas cette route. Et d'où tu viens?
— D'Alger. Mais je suis de Sétif.

Enthousiasme. Jet de salive pour ainsi dire commun.

— Sétif! Nous, on est du Département.

Noms des douars. Lakhdar est dans le bain.

— Mais comment est la cause, au pays?
— Difficile, élude Lakhdar. Vous travaillez ici?
— Dans les parages. Dans le riz.
— Tais-toi frère, glisse à Lakhdar un jeune, le front
plissé jusqu'au sourcil. C'est la ruine, frère, et c'est la
colère. On n'est même pas inscrits. Pas de fiche de
paie, pas d'assurances. Y a des traîtres parmi nous.
Y en a même un qui fait la prière.

Les trompettes, la foule parfumée, les compatriotes.
Tout s'éteint avec la nuit. Sifflements de fêtards sur
leurs vélos flamboyants. Couples, jacassez en toute
confiance sur vos guidons. Le foyer vous attend. Lakhdar délire. Il traîne. Guindé comme un parachutiste,
il espionne les vieilles bâtisses, mais toutes sont habitées.

Lakhdar a retrouvé son second souffle. Maintenant que la nuit est morte, c'est malin de découvrir ce tas de foin. Occupé d'ailleurs. L'homme, vieil athlète, gueule de bois, poitrine au tatouage lisible à dix pas : « Tu n'auras pas ma peau. »

— Savez-vous si y a du boulot par ici ? tente Lakhdar.
— Y a qu' les caves qui travaillent. Boire et manger, ça regarde le maire. Pour l'hospitalité, je peux te l'offrir. Le foin, j' te dis que ça pour les jeunes qui cherchent l'aventure. Mieux qu'un hamac, ma litière. Et plus chaude que vierge qui pisse derrière un mur de caserne.

Lakhdar s'est écroulé. Il éparpille des brindilles, puis des cailloux, puis des pieds de gitan autour de son corps. Rompu. Sage, très sage la manie qu'ont les chats de joindre pattes et moustaches pour boucler la respiration.

Soleil et foin. Lakhdar roule de gitan en gitan. Repousser tant de pieds noirs, pieds de dormeurs refusant hypocritement de considérer ni le temps ni l'espace. Loin du tas de foin, comme un maître de maison bienveillant et discret, le tatoué montre deux dents de phoque, le gosier visiblement rongé par la sécheresse.

Lakhdar sursaute le premier. Se dépouille. S'éloigne à la Tarzan devant le Rhône livide, vert d'insomnie, et Lakhdar loue le fleuve ami, recordman de nuits blanches, rôde muscles tordus. Midi, ajoute l'horloge.

Jules Bardèche, Travaux publics.
— Vous désirez ?
— Un travail.

— Quel travail ?
— N'importe lequel. Manœuvre.
Mains sur les hanches, l'employé sifflote.
Passent deux travailleurs, impitoyablement tirés par leurs brouettes qu'on a chargées pour eux, en y mettant tout ce qu'on peut, pour avoir le temps d'en griller une pendant qu'ils partent, déjà liés à cette roue unique pour le meilleur et pour le pire, et pas question de tout planter là ou de renverser quoi que ce soit au passage, même du sable, même des gravats, ou alors c'est le déshonneur, le mépris, tôt ou tard le licenciement. Et c'est pourquoi ils font corps avec les brouettes, ils grimpent le raidillon, muscles et nerfs tendus, mine de rien, et ils souhaitent un bout de terrain plat, le temps de souffler. Justement, ils sont comblés, voici une pente, et les brouettes, cette fois, les emportent à un train d'enfer, une casquette vole, et le deuxième capote, par chance, en plein remblai. Oui, les temps modernes, une simple brouette qui semble se laisser faire, et c'est déjà une machine, la roue qu'il faut pousser, et qui vous descend.
Dressé sur ses souliers pointus, l'employé s'allonge dans son complet confection aux poussières éliminées une à une.
— Prends cette adresse. Le patron n'est pas là.
Et voilà. Jamais on ne dira un mot décisif à l'esclave.
— Vous pensez qu'il y aura quelque chose ?
— Faudra voir la secrétaire.
Vingt misères ! L'employé. La secrétaire. Et le patron n'est pas là. Toutes conditions réunies pour tenir le chômeur en respect.
— Bonjour Madame !
Encore un parfum. Inséparable du fauteuil, mijote la chair mercenaire.

— C'est pour le chantier ? Vous avez des certificats ?
— Oh ! n'importe quel travail de manœuvre...
— Jamais travaillé ?
Curieuse, elle se prend pour ma mère ou quoi ?
— Si, terrassier. Pas donné de certificat. Changé de pays.
Inquiétude. Sourires. Bon. Sourions. Alors ?
— Pas normal, ça. Enfin, prenez ce mot pour le contremaître. Il jugera sur place. Un grand chantier. Après le pont.
Moustaches finement plâtrées sous un échafaudage. Pantalon retroussé sur un mollet pyramidal de paysan pris de vertige. Encore un Algérien à la torture. Applique son burin et largue son marteau d'une main. De l'autre, roule un obus de tabac gris. Quelque part au fond de la gorge s'évertue une complainte faussée par un grain de plâtre ou de tabac. Du Sud, ce bougre et sa chanson.
— Il est là le contremaître ?
Laisse tomber sa complainte. Pudeur de nomade à l'échafaud.
— Le voilà.
Petit. Très petit. Fort. Prend le papier. Bleu à fermeture éclair. Lit et caresse la moto tendrement inclinée.
— Viens.
Lakhdar est confié à un autre pygmée en bleu.
— Chauffez-le.
— Bon, tousse l'autre, je vais t'apprendre à ferrailler. Prends les tenailles. Regarde-moi. Tu ajustes la barre et tu tords le fil. C'est pour les piliers. Te presse pas. Je m'appelle Charles. Lakhdar ? Ah ! Nord-Africain ? C'est les sauterelles qui vous chassent ici ? Mais en France, aussi, vous la sautez. Manœuvre. Six cents francs par jour. Si tu es à l'hôtel, qu'est-ce qui te res-

tera ? Moi, je suis premier maçon. En famille. On est trois au turbin. On bouffe. Rarement le cinéma. On est toujours après la T.S.F.

— Moi je cherche qu'à vivre.

— Apporte l'autre barre. Bien sûr qu'on arrive à vivre. Ne serait-ce que pour les primes. Les augmentations, faut pas trop y compter. Ah ! si y avait pas tant de syndicats !

Un fil de fer zèbre le coude.

— A quoi tu penses ? Arrête un peu. C'est pas nous qui habiterons ce genre de maison.

Lakhdar balance la barre, perdu.

Surgit le compatriote serrant un paquet sur son abdomen.

— Aïouah, comment va le monde ?
— Comme tu sais.
— Un peu de tomate ?

Ne serait-ce pas, là-bas, la silhouette du contremaître ? Charles est roi dans l'art de travailler au moment voulu. Le compatriote relève sa moustache comme un vieux chat sur son échafaudage où il vient de remonter, si maladroitement que le contremaître se détourne vers Lakhdar, lequel exhibe son coude sanguinolent, un pied sur la tenaille qu'il aurait dû avoir en main.

Journée finie. Peuple de bicyclettes. Roulis de la vie sociale. Epicerie, policier, amoureux. La faim. Le tas de foin. Les gitans.

Sept heures. Au chantier.

— On change de secteur. Prends cette massette. Tu vois la pièce au bout de l'escalier ? Faut la mettre à bas. Moi, je fais le coffrage des piliers.

Cent coups de massette. Maigres débris. Inspection, déjà, de Charles.

— T'as pas mangé, ou quoi ? Donne. On commence

par le haut. Occupe-toi. Les décombres. Dans ce couffin. Sur le dos. Y a plus de brouettes. Le patron est plutôt avare. Et puis c'est l'été. Il doit faire ses comptes sur la Côte d'Azur. Passons à la salle de bains. C'est du délicat. S'agit pas de casser les carreaux. A récupérer. On les décolle à petits coups de burin. Y a encore le parquet. Attrape la pelle. Tu prends par en dessous. Après, tu fais sauter la couche de ciment, à la pioche. Là, ça commence à chauffer. Retiens tes coups et cogne toujours de même.

Lakhdar croise beaucoup d'Algériens le long du Rhône, empêtrés dans leur fin de journée. L'un d'eux, ce lundi-là, jeune, ébouriffé, est accoudé au pont, secoué par la toux inextinguible des camions qui ne le font même plus tressaillir. Tout juste s'il tient debout. Vingt ans au maximum. De l'autre extrémité du pont, Lakhdar l'observe depuis un bon moment. Ils rêvent, chacun dans son coin, en s'envoyant des regards rapides, tous deux fourbus, tous deux flairant le crépuscule et fumant à grandes bouffées, avec des soupirs. Un drôle de lundi soir. La ville sue le pastis généreusement payé ou marqué sur des comptes tout neufs. Au bord du fleuve, dans les feuillages, ombres et couleurs, poissons en mal d'espace, chocs de boules, piano, talons de femmes légères perdant de la vitesse, jouant de leur accent caressant.

Lakhdar s'approche, salue. L'autre répond en arabe. Tout va bien. Tant bien que mal. On finira par s'habituer. Il est temps d'aller préparer les patates. On mange ensemble, bien entendu. Oui, la même région. Fils de fellah à Akbou. Passé par Alger. Rien trouvé.

Ici ? C'est mieux et pire. Pas de milieu. Une lampe à alcool. Une marmite de fer-blanc. Une seule chaise. Lakhdar s'assoit sur le lit, avale les trois quarts de la pitance et chante jusqu'à minuit.

— Dors dans ma chambre, dit Chérif. On n'aura chacun que deux cents francs par semaine à payer. On finira par déguerpir. Instruit comme tu es, tu resteras pas manœuvre. Et moi j'en ai marre. Le patron m'invite à boire. Il dit qu'il a confiance en moi. Me colle les gros travaux. Avant de dormir, tu vas m'écrire une lettre pour ma mère. Fais-lui comprendre que l'argent d'ici est encore plus faux que là-bas. Je ne peux rien lui envoyer pour le moment. Frères et sœurs. Dis-lui que je me marierai un jour au pays, mais pas avec celle qu'elle a choisie. Elle est trop maigre. Ne dis pas ça. Débrouille-toi pour allonger la lettre.

Grasse et affairée, la patronne de l'hôtel est toujours flanquée d'une fillette de son tonnage qui claque la porte au nez des clients. La patronne est toujours en train de hurler, ou bien elle jacasse, lugubrement mirée dans ses chaudrons : « Je comprends pas que des ouvriers laissent la lumière après minuit ; naturellement, encore les Algériens qui veillent comme des chouettes. »

Chaque nuit, Chérif broie du noir :

— Je suis à la bétonneuse. Je sens plus mes bras. Je te souhaite pas de manier le marteau piqueur. Ce qui me tue, c'est la gentillesse du patron. Tout juste s'il me prête pas sa femme pour m'esquinter encore la santé.

« Demain, quatre heures, sur le pont. On t'envoie sur un autre chantier. Avec une prime en fin de semaine. » Il s'attardait au bord du fleuve, puisant dans le paquet de Gauloises tout neuf, à moitié vide. Somnola debout. Personne sur le pont. Rafale d'air glacé. Il sentit la sueur devenir une autre chemise, moite et dure, battit la semelle, ramena la poitrine en avant, tordit ses membres raides, guettant les voitures derrière les rideaux crevés de pluie sordide, pataugea dans ses espadrilles, jura, fuma, courut. Le camion n'était pas couvert. A l'arrière, un seul visage connu. Gigi. Manœuvre. Cinquante ans. Sabots. Pantalon de velours. Un simple. « Gare à la caboche », le camion s'engageait entre deux haies enchevêtrées. Les branches cinglaient et le chauffeur accélérait. Lakhdar sauta le dernier. Château à la façade verdoyante, au toit d'ardoises fortement incliné. A remplacer par des tuiles. Le patron était mort. Le Midi reprenait ses droits.

Une longue échelle contre le mur, une corde, un tas de mortier durci. Toujours le même décor.

— On travaillera longtemps ici ?

— On sait jamais dans le bâtiment. Après, on ira dans les égouts.

L'entrepreneur était arrivé on ne savait par quel chemin. Masque d'énergie quasi religieuse. Yeux bleus ou rouges ? Squelettique. Ridé jusqu'aux oreilles. Italien.

— C'est l'heure, dit l'entrepreneur, et l'échelle se mit à trembler.

Ça fait rien
c'est un Algérien
qui travaille beaucoup
et qui mange rien.

La pluie, la fin du jour, l'énigmatique errance d'un coq sillonnant le chantier, martial, hochant la tête, fermant l'œil au crépitement de sa barbe rouge sous le rapide orage d'été, à l'entrée de Grenoble, et les deux voix scandant toujours, à coup de pelle dans le mortier déjà durci :
Un Algérien
prolétarien
qui souffre et qui dit rien.
Mais maintenant, on va dire quelque chose!
Accoudés sur le Drac.

— A la Manufacture Dauphinoise, i cherchent des hommes pour la ferraille.

Et le troisième, le Français, dit encore à Lakhdar :

— C'est de l'appareillage électrique. I disent ferraille, histoire de trafiquer le salaire des Nord-Af. C'est pas les Algériens qui manquent par ici. Dans le bâtiment, j'en ai connu un, Mohamed. On est restés longtemps ensemble. Un copain. Dommage, il a filé à l'anglaise, j' sais pas pourquoi, mais je crois qu'il est au tunnel.

— Mohamed ?

— Y a qu' des Mohamed, par ici.

— Va voir à la cantine.

C'était un homme grisonnant, maigre et noueux, l'œil fiévreux, la moustache en bataille, assis sur un coin de banc, dans la pénombre. Il répondit à peine.

— A votre place, je passerais mon chemin.

— Bientôt l'hiver.

Il y eut un silence, pacte scellé entre ours.

Lakhdar, sans plus tarder, commanda une chopine, mais l'accord avec Mohamed marqua la brouille avec Chérif.

— Tu veux crever au fond d'un trou, et vivre comme un prince. Adieu, j'ai des cousins.

Et Chérif s'en alla.

A cinq cents mètres des baraquements, après le pont de fer, une gueule noire et fumante. Lakhdar monta sur une carriole tirée par un tracteur. Un coup de corne, et le convoi s'enfonça dans la nuit, sur un dernier lambeau de glaise, comme si la montagne, ravalant ses entrailles à vif, avait tout dévoré, dans une grimace de triomphale souffrance. Bottés, vêtus de caoutchouc, casqués de cuir, des hommes silencieux descendaient vers le front d'attaque, la vague de rochers reculant sous les coups de l'appareil géant, objet du culte privilégié des chefs de groupe. Les douze fleurets d'acier, comme les bras d'un monstre, s'étaient mis à frapper, dans l'infernal vacarme. Lakhdar, un peu plus loin, fut voué aux claquements et aux sursauts des marteaux piqueurs, au halètement des compresseurs, pendant trois heures, sans arrêt, juste le temps de creuser une centaine de trous à quatre mètres de profondeur. Bourré de dynamite, chaque trou fut ensuite relié par un fil à une boîte d'amorces.

Se plaquant contre la paroi, Lakhdar suivit le mouvement général de repli, n'entendit rien, sentit la voûte tressaillir, vit les rochers se rompre, se figer, tandis que le tunnel grondait de bout en bout, comme si l'explosion, aveugle, sourde et traquée, allait revenir à son point de départ, comme si rien ne s'était passé, comme si rien n'était possible contre le roc imperturbable

Le garde champêtre ne broncha pas. Il écouta d'une oreille apparemment distraite l'histoire de ce jeune homme se disant étudiant, mais n'ayant sur lui qu'une chemise trempée, un pantalon couvert de plâtre, des espadrilles trop larges qu'il traînait dans la boue, et ne portant pour tout bagage que ce sac marin à moitié vide...

— Excusez-moi, plaidait Lakhdar, en regardant tomber la pluie derrière la vitre, je voulais vous demander, puis-je passer la nuit au poste ?

— Mais, mon bon, quel poste ? Nous n'avons rien ici, même pas une prison ! Venez voir.

Le garde, chaudement vêtu, se souciait peu de la pluie fine. Mais Lakhdar était en bras de chemise, et il pataugeait. Ils arrivèrent devant une rivière, grossie par l'orage, qui commençait à déborder, et par endroits, à inonder la route. Le garde champêtre écarta une pierre de taille qui maintenait la porte.

— On entre et on sort comme dans un moulin.

Dans l'odeur de moisi et de misère crasse, des haillons étaient abandonnés sur ce qui ressemblait à une litière de fumier. Serpent changeant de peau, quelqu'un avait laissé son tricot et sa veste, et même une canne de chemineau. D'autres avaient écrit, dessiné sur les murs. Sur les poutres du toit filaient de gros rats qui menaient la belle vie en ces lieux d'infortune. Ils avaient dû connaître le pouvoir de la canne, car ils se tinrent tranquilles, comme pour rassurer leur voisin de la nuit.

Mais les loques sordides, les inscriptions funèbres, la porte branlante, le vent qui soufflait fort et rabattait la pluie, rien de tout cela n'engagea Lakhdar à se reposer. Il resta debout, fumant à moitié sa dernière cigarette. Enfin l'obscurité avait jeté un voile sur les tristes reflets du foin et de la paille décomposés.

Gentilhomme, le garde champêtre apporta une grappe

de raisin. Il voulut mettre la pierre en place, mais Lakhdar préféra tenir la porte ouverte, pour chasser l'air vicié. Il ralluma la cigarette. C'était bien la dernière. Il n'avait plus un sou. *Il faut que la pluie cesse, il faut que la pluie cesse, il faut que la pluie cesse !* Elle ne cessait pas, mais tombait moins fort et le vent faiblissait, n'avait plus qu'un léger murmure.

Il marcha, transi, sous les nuages noirs, les rafales de vent. Il s'arrêta devant une porte. Le sourd-muet alla chercher une jeune et forte femme, en sabots mais en short, fière de ses cuisses dorées, et qui l'embaucha. Il dormit dans l'étable. Au petit jour, il porta des paquets odorants de fourrage, les arrangea sur la charrette, jusqu'au soir.

Il mangea de bon appétit et fit un petit somme. Quatre heures. Il devait traire les vaches. Il en compta huit, prit l'un des seaux que la fermière avait laissés, et s'avança résolument. Le matin, aux premières éclaircies, il s'était fait une joie de n'avoir plus, après les foins, qu'à tirer sur des mamelles, remplir des seaux, et disposer ensuite de tout son temps pour réfléchir. Mais à présent qu'il se trouvait penché au flanc d'une vache, il convint que sa main s'était mise à trembler, que le seau restait vide, qu'il n'osait plus s'aventurer jusqu'au pis de la vache, et que celle-ci, tournant vers lui ses cornes, de douloureuse indignation, allait remplir le seau non pas de lait, mais de sang. Il lui sembla aussi que toutes les autres vaches, comme par télépathie, s'étaient donné le mot. Tandis qu'il reculait, outré de son échec, la fermière survint. Elle entra en fureur. Le mari arriva.

— Elles sont peut-être malades ?

Ce mot malheureux mit le feu aux poudres.

— T'es un gars de la ville, dit le fermier en tirant

sur sa pipe courte, t'es bien dégourdi, mais pas pour l'étable. Viens avec moi à la foire du village.

Puis, tourné vers sa femme :

— M. Alibert le prendra peut-être ?

— Pas d' ça, dit la fermière. Il ira bien tout seul. Toi, j' sais bien pourquoi tu veux l'accompagner. Encore une de ces femmes de la foire, hein, vieux grigou ?

Lakhdar suivit une charrette qui le mena tout droit à la roulotte. Monsieur Alibert se lança dans un monologue. Lakhdar entrait chez lui comme apprenti dans les auto-scotters. Il eut juste le temps d'accepter une tranche de melon. Neuf heures du soir. Monsieur Alibert galopa vers la caisse.

— En route ! Et souviens-toi : si tu tiens à rester jusqu'à la fin de la saison, faudra m'apporter tous les portefeuilles, compris ?

— Quels portefeuilles ?

M. Alibert ne répondit pas.

La foire battait son plein. Lakhdar entra en piste avec trois jeunes paysans aux tenues identiques — pantalon noir, bretelles grises, chemise blanche — qui mâchaient du chewing-gum, tout en sautillant d'une auto à l'autre, avec des allures de toréadors. Pourquoi ces bonds spectaculaires ? Les autos, pleines de gamins et de filles, se heurtaient sans cesse, obligeant Lakhdar, le pied ensanglanté par le rebord coupant de la première voiture qu'il voulut aussi arrêter dans sa course, comme faisaient les autres apprentis, à bondir, encaisser, rendre la monnaie, et bondir à nouveau, à un autre bout de la piste. Ils pouvaient aisément éviter ces acrobaties, en plaçant un seul homme à la caisse, qui eût vendu les billets, avant de donner le signal de la course. En employant trois jeunes gens, puis quatre, à se jeter sur les paysans qui ne savaient plus, lancés à toute

vitesse, où donner de la tête, M. Alibert faisait tomber les portefeuilles comme fruits au soleil. Il suffisait ensuite de les ramasser. Lakhdar était déjà décidé à partir. Mais il attendit la fin de la nuit, se vit désigné pour balayer la piste, s'étendit quelques heures sur un vieux tapis et reprit la route avant le jour.
Il monta dans une familiale qui le laissa devant Lyon. Le ciel était sinistre. Il marcha toute la nuit, sentit passer en trombe les lourds routiers, dormit debout, en titubant, dégringola dans un fossé, rencontra deux gendarmes qui le suivirent d'un long regard, tomba en arrêt devant un chat sauvage qui l'observait d'une branche d'arbre, toutes griffes dehors. Puis il entra dans un wagon abandonné en rase campagne, s'écroula, épuisé, sur le plancher humide, et se releva, en pinçant les narines. Aucun doute, le wagon tenait lieu de pissoir.
Il se remit en route, sous la pluie battante. « J'avais bien besoin d'une douche pareille. »
Il marcha, comme un automate, avec des embardées, n'évitant même plus les larges flaques d'eau sale, ainsi jusqu'au matin. Il avait parcouru trente-trois kilomètres. La prochaine ville était Villefranche-sur-Saône.
Au bureau de placement, il reçut un billet bleu pour un chantier à la gare. Il dut marcher encore une heure pour trouver le destinataire. C'était le chef, un homme placide, d'une trentaine d'années, qu'il trouva sous un arbre et qui lui fit signe, en inclinant son béret noir, de s'asseoir près de lui, sur le gazon, tout en se remettant méthodiquement à un solide casse-croûte copieusement arrosé de vin rouge. Lakhdar crut défaillir à ce cruel spectacle et s'endormit, sans plus tarder, jusqu'au milieu du jour. Il ne pleuvait plus. Quelle heure était-il ? Mais le chef se montra bon prince :

— Pour ce soir, tu vas continuer à dormir. Demain, on verra.

Il passa la nuit dans une sorte de débarras hermétiquement clos qu'il couvrit lui-même d'une épaisse couche de paille, et s'éveilla de bonne humeur. Le soleil se levait sur un ciel très pur, lavé par la pluie.

Lakhdar fut présenté à un vieux maçon souriant qui lui tendit une bouteille vide.

— Monte sur la bicyclette et va au bistrot.

— Attends un peu, dit le chef. Voici le plan des cinq pièces où tu dois installer les câbles. Seulement, fais gaffe en plantant les clous : c'est des semences. Et puis tu tapes sur du béton.

Il enfourcha la bicyclette. « Si je pouvais aller ainsi jusqu'à Paris ! » Il haussa les épaules. On l'arrêterait avant la nuit. Paris était encore à des centaines de kilomètres.

Six fois dans la journée, le vieux maçon et ses deux hommes offrirent à Lakhdar la bicyclette libératrice et l'aller-retour de la gare au bistrot. Mais il restait sombre, songeant à sa chute de l'échelle, aux petits clous tordus ou si mal plantés que le premier câble décrivait au-dessus du mur une ligne brisée augurant mal de l'inspection prévisible, peut-être déjà faite, alors qu'il descendait en roue libre depuis le centre de la petite ville ensoleillée, puis remontait rue par rue, en flâneur, avant de retourner aux clous inexorables qui le faisaient gronder de rage, oubliant comme à l'instant qu'il était debout sur une échelle, et tombant une fois de plus. « Je vais me faire foutre à la porte, pas plus tard que demain. »

Mais le soir se passa, et Lakhdar ne vit pas le chef. Soulagé, il osa revenir à pied jusqu'au bistrot. Il demanda un casse-croûte à emporter. La joviale tenan-

cière, qui l'avait vu sur le vélo, lui tendit la perche :
« Vous paierez en fin de semaine. »

Le matin suivant, quand on ouvrit la porte en fer de son dortoir de paille, il vit que le soleil était déjà haut. Quelle heure pouvait-il être ? Au moins huit heures. Le vieux maçon eut un sourire : « Ton patron est allé à Marseille, passer quelques jours avec sa fiancée. Continue d'après les plans, et quand ce sera fini, faudra creuser des trous au poinçon pour fixer les câbles. Et pour finir, tu passeras la couche de peinture. »

Pendant deux jours, il travailla au ralenti. Le second soir, en rangeant la bicyclette, il rencontra un compatriote qui déclara être employé à la gare, sur l'un des chantiers. « Y a un des nôtres qui t'a vu. Il m'a dit que tu étais jeune. Tu dois savoir écrire ? »

— Oui, dit Lakhdar.
— C'est pour une lettre. J'ai d' la famille à Saint-Arnaud.
— Tout de suite, si tu veux.
— Je vais chercher l'enveloppe.
— Tu sais où je travaille ?
— Je sais.

Ils se retrouvèrent au pied de l'échelle.

— Tu vois, dit Lakhdar, pas moyen de planter ces clous. C'est du béton et ça mord pas.
— T'en fais pas. Ecris la lettre, et moi je plante les clous.

Comme un Ancien, Lakhdar simule un geste pendulaire, épuise la force nerveuse qui le travaille, lui, le travailleur ; cigarettes happées d'une main qui n'est plus la sienne ; infectes, les Gauloises, dans l'argenterie industrielle, comme si on fumait du nitrate d'argent, et même l'eau n'a plus de goût, de même qu'on respire un air artificiel, pas même fétide, un air d'exil et d'esclavage, sans recours. Il ne voit rien autour de lui, ne voit que le cadran circulaire de la vieille horloge qu'il soupçonne toujours de tricher elle aussi, simulant ses minutes, malgré les piles de fourchettes accumulées au polissage dans la rage au travail, et l'horloge le fixe, Miroir Haut placé de son présent-futur jamais passé, ronde pénitentiaire qu'il faut encore justifier, pas même pour le patron, pour un pseudo-Lakhdar, ce lambeau insipide, moins que mort, trop vivant, poussé dans l'engrenage d'une réclusion anticipée, seconde par seconde, placé devant l'alternative de baisser la tête et devenir lui-même un ressort anti-temps, aggravant la fascination du cadran interdit, ou au contraire jouer le jeu du sang, de la vitalité cherchant la seule issue : ne plus contenir cette folle impatience, en finir avec cette journée (une de moins ? Une de plus !) au service du monstre, et fixer à son tour l'horloge qui le fixe, l'œil de cyclope aux deux cils hallucinants battant la morne cadence, elle-même pleurant peut-être sa rage froide, son mécanisme incorrigible, sa progression désenchantée, comme dans un magasin de jouets, un enfant qui serait venu, objecteur sans conscience, s'employer à détruire ses rêves, et à les contempler dans leur éclat trompeur d'objets vus autrefois à l'autre face de la vitrine. C'était donc ça LEUR TRAVAIL ?

Il marchait à grands pas, bousculant, bousculé, à la sortie des bureaux, sous la brume de décembre. Elle était là, sur le pont, rude, potelée, toujours en mouvement, Bretonne à la peau blanche, avec de grands yeux noirs, aux longs cils recourbés. Il l'avait d'abord prise pour une Espagnole. Employée dans la même usine. Plusieurs mois qu'ils se connaissaient. Un soir d'avril, à la sortie, il s'était mis à lui raconter un tas d'histoires, et ils avaient passé toute la nuit à marcher, avec des haltes dans les cafés. Une seule fois, vers la fin, il l'avait embrassée, presque violée, devant la Seine. Après ça, il s'était rendu à l'évidence : elle résistait. Alors, il la traita cavalièrement, comme une amie, avec une pointe d'hostilité. Il ne l'embrassa plus, mais c'était elle qui le faisait, des baisers larges et humides qui le dépaysaient. Il voulut couper court, mais elle continuait à l'attendre, chaque jour, et à le suivre dans les salles toujours pleines d'Algériens où il semblait chercher quelqu'un. Il fut d'abord embarrassé, la surprit en flagrant délit de mélomanie égyptienne, et s'éveilla le lendemain dans le même lit qu'elle, à Montparnasse. Il l'avait présentée à Brahim, et à ses amis. Pendant des heures, alors qu'ils parlaient, en arabe le plus souvent, elle restait sagement assise, comme si son ascendance hispano-celte lui tenait lieu de nageoires, en leur étrange oued politico-sentimental, et certains plaisantaient : « Tu ferais mieux de l'emmener au cinéma », mais tous appréciaient sa présence de femme tranquille et sans verbiage, sa bonne fibre de patience paysanne mêlée de rêve marin. Elle n'avait qu'une amie de son âge (dix-neuf ou vingt ans) qui venait parfois avec elle, le dimanche. Elles disaient : « On vous dérange pas ? », s'asseyaient et ne bougeaient plus. Les tables se rapprochaient, la salle se remplissait d'adolescents ébouriffés chantant entre leurs dents les complaintes du douar — ça existe en breton, ce mot, ça veut dire terre.

— Tiens ! Oui, mais c'est pas la même chose...
— Oh non, c'est pas la même chose, mais c'est toujours pareil.

Et les ébouriffés mettaient chacun leur disque, puis reprenaient leur place autour des égéries ; « à présent, pensait-il, nous nous ressemblons tous, comme des poissons, derrière le bocal froidement familier du vieux Paris cosmopolite, sous les faux printemps d'outre-mer », ou comme s'ils appartenaient à une banquise paradoxale qui transformait leur liberté native inassouvie en une détention glaciale de base flottante, impersonnelle, où ne subsistaient plus que dans les chevelures et sous la peau, intenses, accumulées, héritées des caravanes d'épices, les odeurs d'huile rance et de poivre éventé, les vieilles sueurs de galériens, et tout d'abord ce rien qui leur manquait, le masque du désert ou l'ombre du turban, leurs visages contrariés ayant déjà perdu plus d'un trait essentiel, tout ce qu'ils ne portaient plus, qui s'accrochait à eux en toiles d'araignée, l'amertume d'un voyage à l'avance entravé, leur transparence de glaçons pleurant sous un soleil malade ou fugitif comme un vieil émigré, comme si l'astre aussi se sentait étranger et cherchait loin de tout, ce rien qu'ils colportaient ou sur quoi ils butaient, loque d'exil jalonnant les Paradis des autres, défroques et friperies, accoutrements grotesques, invraisemblables, humiliants, sur des restes de sang, un semblant d'existence, des travaux dégradants, et la promiscuité de prison, d'hôpital, d'orphelinat ou de caserne.

Vêtu d'un bleu de Chine, Visage d'hôpital n'avait plus de l'ancien fellah qu'une moustache repentante, et la canne qu'il portait encore, comme si un démon la lui avait remise en main pour abattre lui-même ses rêves citadins.
Il faisait quelquefois de brefs séjours en psychiatrie.

Il soupirait, il pâlissait, il maigrissait, ne dormait plus. Puis il disparaissait. Alors on le savait épris à en mourir, d'une créature ou bien d'une autre, derrière les grilles de l'asile.

Je ne l'avais pas vu depuis des mois. Il était en parfaite forme et marchait à grands pas vers le ghetto de Constantine.

Esther !
Esther !
Descends du soleil !
Tu vas attraper un coup de terrasse sur la tête !

Visage d'hôpital ne songea pas à réprimer le soupir de mauvais augure qui, pour une fois, n'aurait sans doute pas de suite, car cette Esther était une petite fille que sa mère invisible appelait à la sieste.

Mon malheureux ami semblait aller à la dérive, mais brusquement, à l'entrée d'une taverne où je n'étais jamais venu, il s'engouffra comme dans la grotte merveilleuse d'un pirate. Une femme se tenait dans l'ombre, derrière le comptoir, serrant la main de mon ami et lui administrant un sourire extatique.

J'avais ouvert la porte. Visage d'hôpital s'occupa discrètement de faire disparaître sa canne calamiteuse de jeune convalescent. Sa montre en or étincela. C'était un jour de semaine, vers onze heures du matin. Aucun autre client ne vint troubler nos libations. La femme but avec nous. Elle servait avec art, juchée sur ses talons, la poitrine agressive, tout en nous provoquant d'un souffle voluptueux déguisé en soupir, à chaque dose de Phénix[1] précipitant l'infortuné du gratte-ciel érotique où il se morfondait, en proie à un vertige qui l'avait enivré avant même d'avoir bu, sans pouvoir

---

1. Marque d'anisette.

s'appuyer sur moi, ni sur la canne qui témoignait de son mal incurable.

Elle avait un château suspendu à un câble élevant ses amants à de telles hauteurs qu'ils croyaient vivre parmi les aigles.
Dès qu'ils se relevaient, sous la langue en chiendent d'une mule en habit d'infirmière, ils voyaient apparaître, au fond d'un jardin dévasté par la flamme verte, la féminine armée de Moutt, aux grands yeux prometteurs.
De tous les invités qui fixaient ce tableau d'un regard avide, un seul baissait la tête. Il ne voulait rien voir. Etait-il donc muni d'un charme ? Avait-il traversé une épreuve pareille ? Ou bien n'était-il plus qu'un amoureux transi, après avoir été induit en espérance ? Qu'imaginer encore de jeune homme ? Tombé du câble initiatique, dégringolé de sa potence à la tranquille caresse d'enfer, ce fut lui qu'on hissa au bout d'un second câble, jusqu'à l'échelle de soie rompue par l'araignée, puis par la pieuvre qui entraîna notre héros dans ses bras roses, l'obligeant à monter vers la couche de Moutt, suaire où l'attendait la fleur vivante, carnassière, qui se jeta sur lui et se mit à le mordre, pour être sûre qu'il survivait dans sa stupeur.
Oui, sans une écorchure, elles vous désarticulent.
Ce manque de souffrance révolte beaucoup d'amants.
Les moins expéditives connaissent l'art des gifles. Elles vous retiennent tendrement sous la dent, comme font les chats, pour vous sentir en vie, volage et repentant. Il ne manque pas non plus d'ogresses distraites qui vous dévorent à satiété, tout en pensant à d'autres proies.

Mais tout n'est pas fini au fond de ce sac noir.

Il faut encore chanter. Il faut faire le récit épique du bonheur conquérant d'être déchiqueté.

Un long rêve et un coq rôti, ainsi étais-je inscrit sur les tablettes de l'ogresse.

Plus d'ergot, plus de crête, et plus la moindre plume.

N'importe, voici le luth, l'ogresse, d'un coup de pied, vous l'envoie dans le creux du ventre. Allons, réveillez-vous !

Quand le coq enroué n'agite plus ses ailes, et qu'il soulève l'indignation des poules crépusculaires, il souffre le martyre du torticolis.

N'importe, l'ogresse attend, il faut faire naître un chant d'éternelle jouvence aux lèvres de l'insatiable, attraper ses morpions, se glisser dans son antre, faire provision pour elle de tous les volatiles qui l'ont vue plus d'une fois se soulager dans l'herbe et se cambrer longtemps, sa face entre ses jambes, l'œil fixé à l'anus et nez à nez avec son sexe, livrant à la cohue vorace des becs tendus l'interminable ver des soliloques de midi, un lézard adoptif courant sur sa poitrine. C'est pourtant vrai ! L'ogresse est intriguée par le ver solitaire qui sort parfois sa tête et se balance éperdument du corps de sa maîtresse, comme s'il allait vomir sa maléfique substance et attirer sur lui, méchant ténia de race borgne, la frénétique volaille qui perce à coups de bec le secret de ce cul fermé à double tour. Pauvres oiseaux ! Ils ne sont pas les seuls à courir derrière elle, l'humanité entière arrive au rendez-vous.

D'abord les gosses, chacun son tour, ou alors sortez tous !

Elle a remis son pensionnaire aveuglé par le sang dans la voie du retour à l'intestin natal. Il était temps. L'infortuné reptile avait déjà perdu la tête. Encore un peu, et il était libre. Ce n'est pas aujourd'hui que le ver solitaire aura une femme et des enfants.

Aucun repos, même à l'état d'excrément. Vous êtes alors porté au jardin de l'ogresse, fumant, comme il se doit, dans la nuée des mouches musiciennes religieuses, ignobles figurantes de ses grains de beauté. Toutes les larves sont remuées pour vous faire une place, de fossé en fossé, jusqu'aux caisses de bière que de pieux pédérastes sortent sur leurs épaules comme autant de cercueils, pour les vertes années de la putain nouvelle qui siffle dans les couloirs. Arrivé là, on vous étrangle.

Il y a autant de Moutt que de marins à bord d'une barque. On ne meurt pas qu'une fois. La torture est plus fine. Toutes les chimères qui prennent le masque ardent de Moutt, l'ange de mort subite, sont des ogresses pour lesquelles dépecer un babouin vivant n'est guère plus cruel que de faire craquer entre ses dents une crevette. Elles rêvent de supplices et de babouins rôtis, de cœur en tranches, de foie grillé, tout comme Face de Ramadhan lorsqu'il entra, pour la première fois de sa vie, dans un restaurant oriental de Cirta, pour ne pas dire Constantine, car Face de Ramadhan prétendait que la ville où il échouait, pour l'accomplissement d'un destin obscur que Dieu seul pouvait entrevoir, avait été jadis le château d'une impératrice de race conquérante, Vandale pour le moins, et dont les héritiers, assassinés de père en fils, avaient laissé la fille unique, pour l'instant introuvable, que Face de Ramadhan se jurait d'épouser, mais il était aux prises avec d'autres démons, hantait les salles de boxe, et sa chambre était pleine du sifflement continuel des radios étrangères, même si, dans chaque langue, il ne savait qu'un traître mot.

Tandis qu'il se glissait dans la salle archicomble, en souriant discrètement à des visions d'un autre monde, le maître de céans, assis devant la caisse, le toisa d'un regard qui en disait fort long sur l'apparence physique de notre personnage. Il prit place, et le garçon vint lui débiter la liste interminable des plats du jour.

Face de Ramadhan ne connaissait que les pitances de son douar, mais il avisa un jeune homme élégant qui croquait des feuilles vertes.

— Je mangerai comme lui.

Le garçon apporta une corbeille de pain blanc, encore chaud, une invention du diable et des Constantinois. Quand l'assiette arriva, la corbeille était vide. Plus d'un client cessa de jouer des mâchoires, pour voir notre homme dévorer l'herbe croustillante qui lui laissait le ventre plat.

Face de Ramadhan laissa cinquante francs pour quatre assiettes de salade et deux kilos de pain. Mais sa béatitude ne l'abandonnait pas. C'était la première fois qu'il avait eu en poche un billet de cent francs. Il n'en restait que des poussières. Tant pis. Ah, s'il avait su les noms des autres plats... Tandis qu'il s'invitait à un second repas, purement imaginaire, il rencontra deux de ses amis du Club des Mammouths. Face de Ramadhan n'était qu'un babouin solitaire. Il aspirait à être admis par les Mammouths, qui se réunissaient chaque nuit, à la fermeture des dernières buvettes, devant une fontaine. Ils restaient là jusqu'à l'aurore, les pieds dans l'eau glacée, la tête pleine d'histoires.

Le pape de ce club était un simple agent de la police d'Etat qui venait en civil, dans le plus grand mystère. L'art des apparitions rapides et souveraines était compris dans ses fonctions. Il parlait lentement, savait sourire aux anges, et surtout aux femmes. Il avait pour philosophie le libertinage andalou. Son alter ego était le capitaine, un déserteur en uniforme. En dehors de ces deux piliers, le Club des Mammouths était ouvert à tous les membres qui n'avaient pas encore franchi l'unique degré du temple : seuls le pape et le capitaine pouvaient passer toute la nuit, les pieds sous la fontaine. Quel était leur secret ? Probablement le vin qu'ils pouvaient boire à volonté chez Tapage Nocturne.

Mauvais Temps se coucha, dans son lit de célibataire, à l'hôtel Britannic. Il avait mis son pantalon plié sous l'oreiller, et montré à son compagnon, l'inévitable Pas de Chance, un gros trousseau de clés.

— Il faut toujours dormir avec du fer sous la tête, ça empêche le contact.

Pas de Chance lui jeta un regard furibond :

— Quel contact ?

— Avec le diable, pendant la nuit. Je ne peux pas dormir sans une clé ou un couteau, ça coupe les mauvais rêves.

Il plaça le trousseau entre le drap et l'oreiller, se couvrit soigneusement et ralluma sa cigarette, avant de s'écrouler dans un nuage de cendre, une quinte de toux, et en faisant craquer les ressorts du sommier, par bonds désordonnés, pour y trouver le trou creusé par d'autres corps, et bien d'autres carcasses, dans cet hôtel meublé où les cafards se promenaient sur les tables de nuit, en toute indépendance, cependant que les deux larrons, en l'an III de l'Algérie libre, se demandaient lequel des deux éteindrait la lumière, pour laisser les cafards choisir plus librement entre les deux casse-croûte, auxquels ni l'un ni l'autre ne toucherait jamais, en signe de grandeur d'âme démentie par les grognements et les soupirs à fendre l'âme qui, tout à coup, les ramenèrent à la nécessité de renouer leur dialogue de sourds.

— Eh oui, le fer, ça empêche de rêver.
— Commence par dormir.

Mauvais Temps s'agita, grilla une autre cigarette, but une gorgée de café froid et appela son camarade qui persistait à arpenter la chambre, à fouiller les tiroirs, à faire craquer les chaises, comme s'il rêvait debout, faute d'un morceau de fer ou de plomb sous la tête.

— Allez, dors.
— Et toi, pourquoi tu dors pas ?
— Dors.
— Dors, toi !

Et ils se mirent à ronfler, mais ils ne dormaient pas.

— Alors, ça y est, tu te lèves !
— Laisse-moi lire.

Rabat, 21 janvier (Reuter, A.F.P.). — Six cents personnes qui n'avaient pas observé le jeûne du Ramadan ont été arrêtées par la police, annonce l'agence de presse du Maghreb. Elles avaient été surprises en train de manger ou de boire dans des cafés, des restaurants et autres lieux publics.

Aux termes de l'article 222 du Code pénal marocain, tout musulman qui rompt ostensiblement le jeûne dans un lieu public pendant le temps du Ramadan est passible de un à six mois d'emprisonnement et d'une amende de 12 à 120 dirhams.

D'autre part, les établissements où ont été arrêtés ces jours derniers des jeunes gens qui n'observaient pas les prescriptions du jeûne ont été fermés par décision administrative pour des périodes allant de trois à six mois.

Des instructions très strictes ont été adressées de Rabat aux autorités locales, afin de sévir contre les restaurateurs et cafetiers qui serviraient des musulmans pendant les heures du jeûne rituel.

— Et alors ?

— Attends, c'est pas fini : « L'islam est la religion de l'Etat au Maroc, et, parmi les prescriptions fondamentales de cette religion — prière, ablutions, impôt, pèlerinage et jeûne —, cette dernière est d'ordinaire la mieux respectée, dans la mesure où elle exprime le caractère collectif, public et solidaire de cette religion. Même parmi les agnostiques, beaucoup de personnes se plient à cette règle traditionnelle. Y manquer fait scandale : c'est le scandale qui est ici sanctionné, comme il le fut l'an dernier, en Algérie, par des « commandos » de défenseurs de la foi rossant les contrevenants. Mais on n'avait jamais entendu parler, sinon dans les Etats très traditionalistes d'Orient, comme le Yémen ou l'Afghanistan, de pareilles « fournées » de délinquants religieux. »

— Et après ?

— Va te faire foutre.

— Allez, dors.

En forme de cambuse, avec une barre pour s'appuyer, comme au pont d'un navire, le bar de l'Escale ferme tard dans la nuit. Personne devant le zinc, à part Visage d'hôpital debout, le dos tourné au couple, dans l'atmosphère sombre. On ne voit pas l'horloge, et on ne l'entend pas. Elle est dans l'autre salle, réservée aux joueurs. La porte est entrouverte sur un coin de trottoir mouillé, sans trace de pas. La pénombre en plein jour, la forme déroutante de l'établissement, l'extrême jeunesse du patron, la mort tragique de son père, sont autant de tabous qui frappent les passants et les refoulent du même coup, les tiennent en respect comme le mystère d'un temple ; bien que la rue soit populeuse, ce bar n'attire pas, il rebute ou il engloutit.

On n'y trouve aujourd'hui que ce couple bizarre — la barmaid à la caisse, Face de Ramadhan à ses côtés — et Visage d'hôpital accoudé à la barre, face au garçon qui lave les verres, ou les fait retentir comme des castagnettes, les empile et les fait sauter, ou jongle dans l'office, après s'être assuré que Marguerite ne le voit pas, penchée sur *le client qui lui offre des fleurs, chaque jour un bouquet, ce soldat en chômage, avec des cheveux blancs*...

— Je sais, je le connais ! coupe Visage d'hôpital, et le garçon déploie sa haute carcasse de Saharien, sifflant, courbant l'échine. Il siffle amoureusement entre ses dents pourries, et son long corps se plie sur l'estrade sonore, comme s'il avait dans son enfance avalé une flûte, comme s'il en retrouvait enfin le chant magique, avec son bec en angle obtus, sa joie naïve de serpent, et ses grands yeux brillants se sont fixés sur Face de Ramadhan qui vient d'ouvrir la porte.

Face de Ramadhan ? Plus il jeûnait, tombé dans la misère et la décrépitude, et plus il exultait. Il se parlait lui-même, il peuplait son chemin d'une autre multitude que celle des faux frères qui changeaient de trottoir devant sa barbe en pointe agitée de frissons, sa haute taille prise dans un costume de drap gris dont il était le seul à ne pas voir les trous, et qui révélait, sous de larges épaules, la maigreur d'un loup. Il se parlait lui-même. Bien souvent, dans la ville, on déplorait la perte de pareil orateur, que rien ne pouvait plus distraire de son discours, pas même les fumées d'un marchand de brochettes, ni l'âne somnolent, évadé, sans propriétaire, qui l'étala un jour devant la porte du destin. Ce fut la femme providentielle qui lui permit bientôt d'écrire sur le tonneau, unique meuble du cachot sans fenêtre où elle habitait. Elle couchait sur son tonneau qui servit d'écritoire à Face de Ramadhan. C'était son homme fatal, et elle allait jusqu'à lui tenir la chandelle, au sens propre du mot, pendant qu'il recevait la visite des Muses. Il pouvait même réunir, toujours sur ce tonneau, un certain nombre d'étudiants et de truands en rade, attirés par l'espoir de tirer un coup. Elle se jouait d'eux, et ils devaient subir les envolées du Maître :

« Imaginez l'Andalousie, pendant la fin du Moyen Age. Imaginez l'apothéose du monde arabe en ce temps-là. Une famille venue du Yémen, établie à Séville et fixée à Tunis, donne le jour à Abou Zeid Abderrahmane Ibn Mohamed. On l'appellera Ibn Khaldoun.

» A l'âge de vingt-quatre ans, après avoir été secrétaire de deux rois, il entre en prison, et n'en sort que contraint à servir un troisième monarque, puis un quatrième, le roi de Grenade, dont il devient l'ambassadeur auprès de Pierre le Cruel.

» Le Maghreb le rappelle. Il rentre à Bougie. Le prince Abdallah fait de lui son premier ministre.

Abdallah est tué par le roi de Tlemcen. Ibn Khaldoun est nommé premier ministre du vainqueur. Triste sort que celui du savoir impuissant ! En 1370, un autre roi l'enlève, pour l'obliger à le servir, cette fois au Maroc. Après quatre années de prison dorée, il est autorisé à retourner en Algérie. Il s'enferme à Tiaret et termine enfin ses *Prolégomènes*, considérés aujourd'hui comme un chef-d'œuvre d'analyse scientifique de la société.

» En 1378, un voyage à Tunis, où il cherchait des livres, l'oblige à s'embarquer, sous la pression de ses ennemis, pour la ville du Caire. Il devient le cadi du rite malékite. Il meurt cadi, au Caire, à soixante-quatorze ans, le 25 mars 1406, après avoir été destitué à deux reprises, pour avoir réagi contre la corruption et l'abus de pouvoir.

» Il laisse une œuvre encore mal connue et une parole lapidaire : « Tout ce qui est arabe est voué à la ruine... »

Y a pas
Faut qu'on travaille
L'amitié ne reviendra pas
Si on reste en chômage

Face de Ramadhan a disparu
Moi je roule
Avec d'autres vagabonds
On va rue de la Marine
Chez le sergent

Le sergent gît sur son matelas
La gueule clouée
Comme s'il avait mangé ses dents
Voilà un homme qui a fait toutes les guerres de son
    temps
C'est normal, ça ?

LE POLYGONE ÉTOILÉ

Ah !
Le sergent gémit
Nous sortons
D'un même geste
Quelques mégots
Pour lui porter secours

Il tire
Bouffée sur bouffée
Il s'enfle comme un crapaud
Il ne bondira plus
Comme à vingt ans en Indochine

Le sergent gémit

Qu'est-ce que j'ai fait au bon Dieu ?
Y en a qui ont trois femmes
Et moi
J'élève la maîtresse de mon père
Savoir qui mourra le premier ?

— Tiens, te voilà, mon vieux copain du cimetière !

Mustapha, en chemin, déclara qu'il était sans argent, puis il grimpa des escaliers et me fit entrer dans une pièce qui avait été le refuge de Mourad, et qu'occupaient depuis les Eclaireurs de France. On y trouvait une table poussiéreuse, une vieille soutane, un exemplaire de la Bible, des romans policiers. Je me couvris de la soutane, et dormis sur la table. Ce fut Mustapha qui me réveilla.

Nous avions hâte de nous quitter. Mais le marchand nous invita. Il y eut d'autres invités. On parla de tout et de rien. Le marchand proclama que nous pouvions reprendre nos habitudes, c'est-à-dire coucher tous deux dans la boutique. Lakhdar accepta. Je sortis sans répondre. En une demi-heure, je fus à Beauséjour. Les volets étaient clos, sans lumière. Un nouveau café maure avait ouvert ses portes. Du café, on apercevait l'ancien jardin et la terrasse. Lakhdar passa, me vit, resta debout devant la porte, puis traversa la rue et me fit signe de le rejoindre.

Il ne nous restait plus qu'à retourner chez le marchand. Son frère était là, qui dormait déjà. Lakhdar se coucha sur une pile de journaux, moi sur une autre. De sa couverture, placée sous le comptoir, le marchand pouvait nous entendre, mais ne pouvait rien voir. Son frère, agent de police, avait une bouteille de vin rosé. On la but dans l'obscurité. Un rat passa. Lakhdar, peu rassuré, alluma une cigarette. D'autres rats passèrent. Le frère du marchand eut le fou rire. Il sortit silencieusement, et revint avec deux bouteilles.

A l'aurore, j'ai l'esprit quelque peu ironique. J'entends le marchand comptant son rêve en argent (pardon, son argent en rêve). Il ne ronfle pas comme un brave homme dont le sommeil a détendu les muscles de la mâchoire, non, sa gorge tremble, il a l'air d'un criminel s'abandonnant à la confiance, et n'était la peur de la prison ou de la guillotine, je l'étranglerais en toute clarté de conscience, et je rirais tranquillement de l'avoir supprimé.

En été, et avant sa sieste, le marchand se consacre à l'assassinat de toutes les mouches, une par une, alors que la boutique est infestée de rats ; toutefois, il ne va pas jusqu'à épargner les araignées ; plus d'une fois, en rédigeant un tract ou un poème, alors que la pensée me portait à cent lieues de ma sordide retraite, je reçus dans l'œil ou dans la joue les entrailles tendres d'une proie subitement éclatée, car, pour les araignées, c'est en brandissant une torche que le marchand procède, à pas de loup, l'œil fixe et la respiration suspendue. Au début, je crus, non sans inquiétude, que les insectes de la région devaient être générateurs d'étranges maladies, dont le comportement du marchand me semblait réunir les symptômes. Mais je compris plus tard qu'il était fait pour la répression, à cause de son métier statique et de son isolement. C'est ainsi que sa noble affection pour moi consistait surtout à me retenir prisonnier, et à me harasser de questions, car il était persuadé que tout étudiant devait avoir appris, entre autres, je ne sais quel secret de réussite sociale qu'il s'obstinait à vouloir m'arracher, et je compris aussi pourquoi il se mettait en colère lorsque je formulais quelque projet d'avenir; dans le Parti, il admirait les martyrs et calomniait les militants.

Le Barbu ne veut pas aller chez le coiffeur. Lui aussi est un artiste, victime de drames sans queue ni tête. Il a servi de confident à trop de femmes abandonnées, dont les amants venaient ensuite lui chercher querelle... Tout le malheur vient de sa propension aux propos les plus fous. Il ne peut rien garder pour lui. Mais on oublie que c'est aussi un lutteur magnanime, un non-violent. A ceux qui lui reprochent d'être encore un adepte honteux de Raspoutine, puisqu'il garde sa barbe, il répond que les chefs s'adorent tous entre eux : s'ils en arrivent, un jour ou l'autre, à s'accuser de tiédeur, c'est par jalousie, comme des amoureux... Comment admettre un tel farceur ? Son exclu-

sion est à l'ordre du jour de tous les comités. Mais ses paroles restent :
— Allons boire ailleurs !
A peine sommes-nous entrés dans l'une des tavernes, qu'une voix glaciale nous arrête :
— Interdit aux moins de seize ans.
— Dieu nous garde !
— Des étudiants, ça ?
Nous essayons de battre dignement en retraite :
— Puisque c'est interdit...
— Faut pas s'étonner que nos raisonnements vous paraissent brumeux !
— Dieu nous garde ! Surtout que la jeunesse ne vienne pas, du premier coup...
— Découvrir votre pot aux roses, le paradis !

Les deux bars du village sont tenus, l'un par un Français, l'autre par un juif. Mais une incontestable majorité arabo-berbère se retrouve au comptoir. Le Français compte les gendarmes parmi ses clients les plus assidus ; en seconde position, viennent les honnêtes gens, y compris l'administrateur, à la sortie du jeu de boules. Un joli monde, et même des femmes à la recherche de leurs maris.

Le juif, plus proche du peuple, accueille tous les assoiffés, sans distinction de race ni de religion. Il cache, pour aujourd'hui, dans son arrière-boutique, un conseiller municipal trahi par ses amis de la sous-préfecture, saoul à l'ultime degré depuis le jour des élections. Cette cuite héroïque est la seule forme jusqu'ici de la protestation unanime contre les truquages.

L'interprète et le cadi, qui cache une guitare et une bouteille dans un coffre, sont les seuls à pouvoir s'enivrer à l'abri, aux moments calmes de la journée, laissant la femme de ménage déranger et piller la plupart des dossiers, pour satisfaire, dit-on, l'étrange curiosité de son amant : illettré, repris de justice, cet homme n'en est pas moins vivement attiré par les mystères de la loi qui continue à le poursuivre.

Certes, l'interprète et le cadi unissent la discrétion à la conscience professionnelle, mais il est une question bien faite pour ameuter une opinion publique, même dans ce village de colonisation : où vont leurs deux fantômes, immaculés et titubants, à la sortie du bureau ? Ils savent maintenir les curieux à distance, et ne se doutent pas que la prostituée chez laquelle ils vont faire leur cour est la maîtresse du brigadier de la commune mixte. Cet homme affable et moustachu, le dos voûté, mais l'œil vif, est fort bien vu des jeunes gens. Il est l'ange gardien de la prostitution, même si sa passion, magnifique à nos yeux, en a fait la risée des pires hypocrites.

Le Barbu, sa bouteille d'anisette au fond du capuchon, traverse l'océan de sa progéniture, convaincu que tous ces bâtards sont issus d'un autre homme ; il en corrige deux, disperse toute la meute, arrive au domicile, allume le poste de T.S.F., dévore une quantité de petits plats bien épicés, convoque son épouse pour l'acte conjugal. Mais un gendarme frappe à la porte. Les enfants du barbu ont été retrouvés dans le bassin du square, et les poissons ont disparu.

Dans le monde d'un chat
Il n'y a pas de ligne droite

Observez un chat
Poursuivi entre quatre murs
Par le chien du propriétaire
Et dites-moi
S'il existe pour le chat
La moindre ligne droite

Qui peut chanter nos allégresses ?
Le fou plein de colère
Tombé de son wagon
En fignolant ses chaînes
Pour une apparition au bout du corridor
Mon âme au feu si je m'enflamme !

L'écolier aux mains noires
Brûlé vif avait disparu
En pleine classe de géographie
L'une des matières qu'il n'aimait pas
D'où la surprise au port
Et pleurant la musique des bordels d'Algérie
Quand sa mère arriva
Elle ne trouva que sa chaussette

Laissez-nous supporter cette misère.

Propriétaire d'une excavation dans le roc où se réunissent les héros et les hommes de peine pour converser amicalement sur les moyens de soutenir la lutte, penseur méthodique et muet dont les paroles jamais prononcées dorment au cœur de la populace.

Pas de Chance porte sur les poignets deux bosses dures que ses partisans considèrent comme le suprême attribut de la beauté physique.

Laissez-nous supporter cette misère, ne venez pas

nous dire que vous savez ce que c'est. Si vous nous donnez beaucoup de vin, très fort, quoique l'Islam l'interdise, vous comprendrez que nous sommes un grand danger pour vous.

Qui est-ce qui est capable de se bagarrer toute la nuit après avoir bu une mare d'alcool et fumé un tas de chanvre ? Vous pensez que c'est impossible. Vous gardez le vin pour vous, et vous vous étonnez de nous trouver saouls, à toute heure, non pas cachés comme vous pouviez le croire, mais dans la rue, même si le soleil le plus violent nous rudoie pour nous rendre plus éclatant le spectacle de la ville !

Vous connaissez Hassan ? Vous savez qu'il est habillé d'une tunique sale, qu'il mélange l'anisette, le rhum, la bière, le vin rouge, et qu'il boit le tout. Avez-vous bu dans des bouteilles cassées jusqu'à en avoir les lèvres gonflées, tandis que la buvette croulait sous l'assaut de lutteurs mal assommés ? Vous êtes-vous battus au fond de la casba au rasoir, au couteau, à la mitraille, au gourdin, au revolver, à cinq heures du matin, sous une lampe à carbure renversée, tandis qu'une femme gagnée par la rage se livrait à un groupe de mendiants enfantins, et qu'un incendie subitement découvert menaçait d'emporter tous les camarades dans une savoureuse aventure ?

Hassan   Pas de chance
1 m 60
Onze séjours en prison
D'où son immense culture
Une fois
Dans un bar

Un Grand Monsieur
En tenue de cheval
Bouscule
Sans s'excuser
Un Arabo-Berbère

Hassan regarde autour de
lui, s'empare d'une boîte
de fromage qui traînait
sur une table, déchire le
couvercle, y inscrit en
grosses lettres : Hassan pas de chance.

— Voici ma carte. Pas de choix pour les armes.

Il avait débuté à Souk-Ahras, dans les autos volées, en faisant le vide sur la route, rien que par sa manière de conduire comme un forcené, avant de foncer droit sur l'objectif, un poste de police, une guérite subitement privée de sentinelle, quand il était réduit au jeu de quilles, à l'enfance de l'art, sans parler des fermes et des plantations incendiées, des mines posées sur les rails, ni de ses incursions dans les mines ; il enlevait le personnel avec la dynamite. Il choisissait lui-même ses recrues, souvent pour une seule opération, leur donnait carte blanche, à cette condition : être capables, avec lui, de faire sans étape, le moment venu, au pas de course, les soixante kilomètres, et plus, de Souk-Ahras à la frontière ou vice versa.

Hassan Pas de Chance?
D'une nervosité phénoménale,
il bondissait à hauteur d'arbre, pour un rien (les âmes
des traîtres exécutés par lui,
disait-on, et il passait en général les heures creuses à se

balancer d'une branche à l'autre, en écoutant la conversation, et il ne fumait pas, il dévorait les cigarettes, jetant les mégots où il ne fallait pas, pour se donner le passe-temps d'aller les écraser. Pendant les réunions, il soulevait machinalement la table. Pour lui, chaque minute était de trop, et l'organisation avait du mal à le tirer des oubliettes où le jetaient ses coups de main. Mais les hommes en bleu se retrouvaient toujours.
De la prison, ils se donnaient les rendez-vous les plus précis.

Si Ammar Mauvais Temps.
C'était un jeune homme, maladroit et rusé, esthète combatif comme on n'en voit que dans la pègre. Il avait débuté dans la ville voisine, aux portes du marché de Guelma, sur la colline ou derrière la caserne, en jouant de la flûte avec les charmeurs de serpents et les bardes, toujours au premier rang, rompant le cercle et s'imposant comme le jour où il fut seul à tendre la lèvre, et le serpent le mordit, mais il ne cria pas et obligea le charlatan à le payer. Sa musique de contrebande ne devait rien à aucun maître, riche de tous les airs pillés, impérative comme lui. On l'avait vu en blouse d'écolier, non pas à la buvette, mais dans la cuisine, brandissant la petite guitare offerte par sa mère qui ne lui refusait

rien, dansant et hurlant autour de la vieille tenancière :

O Madam' Clavirou	O Madame Clavero
Aatilou	Donne-lui
Serbilou	Sers-le
Hottilou	Pose-lui
Zidilou	Ajoute-lui

Elle s'en débarrassait, en sacrifiant plus d'une bouteille, car il fallait aussi endormir les gendarmes : Pétain en ce temps-là interdisait le vin aux musulmans.

Les mesures prises contre les Juifs jouèrent évidemment contre les éternels indésirables. L'instituteur avait reçu des instructions précises : Il fallait mettre à la porte, avec les Juifs, tous ces voyous envahisseurs.

Pas de pieds nus, pas d'habits déchirés, pas d'oreilles sales, autant dire pas de peuple du tout. C'était la famine, et sans les bons vendus au marché noir (c'était la guerre, aussi), il n'était pas question d'ambitionner ni un mètre d'étoffe, ni un morceau de savon. Il y eut donc des exclusions en série. L'école buissonnière devint la seule école.

Frotté à coups de brosse par son père en personne, commerçant ruiné par les élections, sans parler de la Main Noire qui puisait dans sa caisse, Si Ammar Mauvais Temps vendit de la vermine. Méthodiques, lui et ses fidèles, ils prospectaient la foule des miséreux, jusque devant l'hôpital qui refusait du monde, susurrant leur Pardon-mon-frère-c'est-pour-l'école-passe-ton-burnous-tu-fumes ? Et ils cueillaient la marchandise grouillante dans les petites boîtes, en choisissant les plus grosses espèces, les plus repoussantes, ceci en pleine épidémie de typhus. Le chemin du cimetière n'était plus désert, on enterrait à tour de bras. Chaque matin, devant l'école, il recrutait :

« La liberté pour un pou,
achetez des poux, je fais
crédit, un franc la boîte,
ils sont apprivoisés,
n'ayez pas peur qu'ils se sauvent,
la liberté pour un pou. »

Sa mère lavait ses vêtements sous contrôle paternel, ce qui n'empêchait pas le rejeton d'avoir presque oublié son alphabet. L'instituteur horrifié voyait des groupes entiers qui se montraient du doigt : « M'sieu, il a des poux. » Finalement, il en trouva sur lui-même. La plupart des adeptes furent réintégrés, grâce à lui, Ammar, le bouc émissaire, mais grâce à eux, son but était atteint : il n'avait plus la hantise des pattes de mouche de son indignité scolaire.

Dans un dernier sursaut, on le plaça au magasin. Or il avait déjà son orchestre, comme il avait sa maffia : *Si Ammar, artiste et commerçant,* pouvait-on lire sur les cartes de visite distribuées à profusion, et les invitations lui arrivaient à domicile. Le père avait beau faire et refaire ses comptes, les trous étaient béants. Puis ce furent les avocats, car Si Ammar était cleptomane. Ses ivresses publiques, s'il s'avérait que l'auditoire n'était pas assez enthousiaste, finissaient mal.

Mauvais Temps
On a trouvé
un parapluie
et j'ai reçu
un mandat

Une Française

en pantalons
nous hypnotise

Il pleut

Debout
sur le trottoir
je pousse
Pas de Chance :
— Il veut savoir
quelle heure il est
S.V.P.
— Va te faire foutre
avec ton pépin !
— Y a pas à dire
— Une vraie putain !
Attends

Pas de Chance
La jeune fille
au balcon
j'ai crié
bonjour !
Ah si j'étais sa chaise !
Je passe
et je repasse

Je pousse
Mauvais Temps :
Va !
Elle attend !
Et lui aussi
Il passe et il
repasse
il crie bonjour !

Et rien de plus.
Elle rit
Et rien de plus.
Alors j'ai ajouté :
— Ça va ?
— Oui !
Et rien de plus.

Pas de Chance et Mauvais Temps
Une femme à sa fenêtre
derrière le rideau

— C'est pour toi !
— Non non et toi ?

Elle nous envoie
une fillette !
— Ma sœur m'a dit
elle ne peut pas venir
son mari est sergent
il faut qu'elle tricote

— Excusez-nous
on s'en va
on est des étrangers

Rien à faire
On aime
Les aventures
Mais le cœur n'y est pas

Six heures. On nous réveille en sursaut, groupe par groupe, à coups de sifflet stridents ; au loin, la première équipe, recrutée hors du camp parmi ceux qu'on appelle « travailleurs libres », est éclairée par un projecteur et semble procéder à la fortification des ouvrages militaires, déployée en file indienne, à perte de vue. La moindre dépression est dynamitée ; notre rôle est de ramasser en tas tous les débris, puis de balayer le terrain aussi énergiquement qu'une tempête de sable ; fort heureusement, il pleut, c'est la pause, et l'illusion d'avoir quitté le camp ; cette retraite nous enchante, après les déménagements de rocs glacés à l'aurore... Debout ! Enfin, une mutinerie ! Rien, trois fois rien, c'est un vieil Espagnol monté sur un cheval qui nous a pris, de loin, pour des Indiens, et qui nous canarde, mais on dirait qu'il tire à blanc, car tous les hommes ici tombent de sommeil, ou font les morts, comme si la guerre ne pouvait finir. Alertés par les détonations, des soldats le poursuivent, tandis que d'autres fouillent les baraquements, comme si l'Espagnol était des nôtres, malgré sa cravate noire et son col du dimanche. Tout ceci, en définitive, ressemble à une provocation, à n'en juger que par un fait : les « travailleurs libres » ont fini par nous rejoindre derrière les barbelés. Au travail ! Nous entassons les rocs, nous jouons du balai, mais le vent souffle, et c'est encore la tempête, sans qu'on nous siffle. Puis des soldats arrivent par les quatre points cardinaux. Ils sautent de leurs camions et se mettent eux aussi à jouer à la guerre, comme le vieil Espagnol qui chante en caressant les fils de fer ; les soldats le libèrent. Il s'enfuit à l'étable. Et d'autres militaires viennent mettre en place de nouveaux barbelés. C'est rassurant. Nous nous sommes rendormis. Le ronronnement des chats, le ronflement des travailleurs, tout pousse Mourad à quitter le brasier pour un repos de quelques heures. Il voit Lakhdar en rêve, avec Rachid, et d'autres personnages qu'il ne connaît pas, à moins que dans une autre vie...

— Inutile d'insister. Vous ne la verrez pas.
— Pardon ?
— Je vous dis que vous ne la verrez jamais. Laissez-moi. Ayez confiance, je surveillerai la machine, comme si vous y étiez. Laissez-moi respirer, que diable, n'avez-vous rien à faire ?

L'homme se redressa devant l'entrée du bâtiment. Pour se protéger des variations de climats, il avait fermé les boutons perfectionnés de sa chemise.

— Puis-je au moins étudier les plans ?
— Non et non ! répondit l'homme en congédiant le visiteur, et d'ailleurs il faudrait du temps pour les retrouver. Les archivistes prétendent les avoir égarés.

Ils se quittèrent sur un déclic, comme deux pantins, dispensés du salut civil et militaire, l'homme rentrant chez lui, derrière les nuages, et l'intrus resta seul, c'était précisément ce qu'il voulait. Il tira sa pipe, l'alluma, décrivit un cercle de feu, et se suicida, une fois de plus. Il se mit à pleurer.

« *Les plans sont perdus, perddduuuuuuus* », criait l'écho inconsolable. Il n'y a plus de place dans le train, il ne reste plus qu'à fermer les salles d'attente, et à enterrer le dernier voyageur qui se dit prophète.

Chaque fois les plans sont bouleversés.

— Tu t'y plais ?
— Oh je sais bien qu'il faut commencer par y prendre plaisir.

Les premières journées vont se passer sur un terrain vague ; repos et séances de musique, méditation en commun. Nous ne serons pas surveillés, mais soumis périodiquement à l'épreuve du pèse-couille. Les dirigeants voudront savoir si tous les hommes font le poids, et si, par hasard, nous ne dissimulons pas quelque futur chef. Ils enverront certains hauts fonctionnaires, qui nous tâteront les testicules et trouveront ainsi les Cadres de la Fédération. Nous recevrons un poste de télévision pour les prières, le Ramadan et le pèlerinage, seules distractions réglementaires. Nous apprendrons ensuite la langue des Ulémas par la Voix des Arabes. Puis six mille enseignants et de grands muezzins venus du Caire nous conduiront sous bonne escorte au Sahara pour l'édification des nouvelles pyramides.

Si bien des habitants nous manifestent une condescendance justifiée par leur vie chargée, il en est, comme Ameziane, et le barbu, dont nous attendait l'amitié excessive ; le barbu, particulièrement, est en proie à une éloquence qui lui fait décrire le pays à la faveur d'une veillée de quelques heures ; il dévoile volontiers ce que ses compagnons cachent au fond d'eux-mêmes comme étant le fond de chaque existence ; il s'attire le respect de certains lunatiques, inspirant aux autres la méfiance, alors que la majorité lui décerne la réputation d'un lascar.

Le fait est qu'il nous a dit, soulevant l'enthousiasme en nos rangs :

« *Ce ne sont pas les femmes qui manquent ici ; elles sont en liberté. Dévouées, un peu frivoles, elles feront les premiers pas...* »

La moindre dépression est dynamitée. Nous obtenons une excavation assez large pour nous abriter, sans gêner nos respirations ; cette retraite nous enchante, après les déménagements de rocs glacés dans la nuit.

Avant l'ouverture des travaux, il est loisible de pratiquer l'art et le commerce.

Les loisirs seront organisés selon les états de service : tel ancien portefaix sera préposé aux spectacles, par exemple, et jouira d'un délassement bien mérité.

Les commerçants et les représentants des professions libérales sont affectés au centre de l'entreprise : forge, fonderie, décoration à petite échelle, calculs géométriques ; ces charges se compenseront par des excursions ou des recherches dans la peinture, plus les sports d'hiver. Quant à la colonie des sans-profession, elle s'engage avec joie, se refuse à la distraction.

Un coup de sifflet éveille les derniers partisans de la « Ronda »[1] ; de jeunes femmes de plaisir s'épouvantent de ne pouvoir fuir avant l'arrivée des ascètes : elles sont assommées et enveloppées dans des couvertures. Trop tard ! Les vétérans flairent l'astuce. Les malheureuses sont surprises en plein sommeil...

Un second coup de sifflet annonce la mise en marche des machines. Mais des garçons originaires de ce pays tentent une diversion, juchés sur des bicyclettes, ils tournent autour du camp, pédalant à l'envers ; les dirigeants n'en appellent pas moins à l'ouvrage :

— A vos machines !

Appelés au bureau de placement, des inconnus se voient confier le meilleur emploi ; ils encadrent les groupes. Leur accent trahit une origine plus lointaine qu'on ne l'aurait cru :

— Vos contrats n'ont pas de terme. Mais vous ne participerez qu'à la phase préliminaire des travaux.

La nuit s'est dissipée.

L'inspecteur général prend congé, suivi de nombre de travailleurs, qui l'accompagnent à l'entrée du camp. Il monte dans un camion neuf ; quand il disparaît, un malaise nous prend. Dix minutes de repos...

---

1. Jeu de cartes espagnol.

A dix heures du matin, mauvaise nouvelle : deux sans-profession broyés par un concasseur. Ils mourront dans la nuit. Le médecin avoue que la chirurgie lui est totalement inconnue, et se voit congédié sous les huées. Il était seul médecin.

A midi, nous mangeons des conserves. Empoisonnement général. Les économes sont à leur tour chassés. Vingt camions de pommes de terre nous arrivent de la capitale. Nous les absorbons presque crues, salées à profusion, sans huile. Le sel, selon les vétérans, a enrayé l'effet du poison.

Le soleil brille ; la chaleur enflamme les parois d'étain des baraquements. Tout le monde, après s'être dévêtu, s'est couché sur le dos. Nous avons réfléchi à notre situation qui nous a paru bonne.

Les souteneurs tentent de spéculer sur les rations et les postes ; certains ont cependant été noyés dans un petit bassin au milieu de nous par un philosophe irascible dont nous avons apprécié l'érudition à notre arrivée, au cours d'une dispute entre l'inspecteur général et les travailleurs ignorant les lois ennemies.

Nos pensées portent sur l'organisation des groupes, nos rapports avec l'extérieur ; des frictions sont inévitables, étant donné la défiance des habitants à notre égard, en raison de nos mauvais titres de révolutionnaires ayant quitté les rangs sous le flux du dernier quart d'heure, à peu près comme l'avait prévu le prophète Lacoste, même s'il ignorait que l'Algérie arabe et musulmane allait prendre la relève de l'Algérie française pour pacifier la Berbérie.

Si Mokhtar, pour ne pas nommer le Mentor de Rachid, ne profite nullement des exemptions de corvée accordées aux vétérans, ce colosse septuagénaire préside à la fois aux radotages des Anciens et aux peines des manœuvres ; aujourd'hui, tout en préparant son cours, il enseigne l'art du coup de tête à un groupe d'adolescents au torse nu. Beaucoup de spectateurs se sont offusqués. Quant à moi, je frissonne, au souvenir de mon combat contre Lakhdar, mon alter ego, dans un carré d'épines où j'appris à mépriser Monique.

— Colonel Mauvais Temps !
— Mon général.
— Votre conduite brillante dans les opérations vous a valu l'estime de toute l'armée. Je vous propose d'organiser et de diriger nos manœuvres d'hiver. Capitaine Pas de Chance !
— Mon général ! A vos ordres.
— Votre ruse de guerre a donné le résultat voulu. Lieutenant Durand !
— Mon général.
— Votre absence dans la bataille vous condamne aux travaux forcés. Qu'on l'emmène.
— Mon général...
— Rompez.
— C'est mon cousin.
— Votre cousin a déserté, sur les conseils de sa maman. Nous vous considérons déserteur comme lui. Qu'on l'emmène. Sergent Albert !
— Mon général.
— Je vous décore de la Croix des vaches, avec palme. Rompez. Soldat Chérif !
— Mon général.
— Ecrivez. Proclamation. Soldats... Non. Attendez. Allez m'attendre dans mon bureau. Non. Attendez. Aimez-vous la boxe ?

— Oui, mon général.
— Qu'on apporte les gants.

Si Mokhtar regagne sans mot dire l'Inconnu. Mes compagnons se sont endormis.

Le plan adopté par le Conseil d'Administration comporte deux pavillons de style moderne, de six étages chacun, avec deux terrasses latérales. Il est affiché dans le bureau des secrétaires. Les deux pavillons sont destinés au contingent d'ouvriers spécialisés que l'Algérie s'apprête à recevoir de l'étranger. De longues querelles ont éclaté entre le conseil municipal et l'autorité centrale. Cette dernière ne lésine pas sur les fonds, mais opte pour une main-d'œuvre spécialisée qui, seule, peut se voir confier, d'abord l'édification, puis, progressivement, la jouissance des immeubles ; le conseil municipal approuve en général ces vues, mais déclare que les deux pavillons, au lieu de se trouver à l'intérieur du camp, pourraient mettre une note d'urbanisme dans la région et, dans une certaine mesure, contribuer au recasement des anciens militaires, qui pullulent en cette indolente contrée. Quant à la population du camp, dans l'attente d'avocats plus puissants, elle a dû confier sa cause aux entremetteurs de l'autorité qui, après avoir escamoté ses revendications, ont insisté sur l'importance internationale que ne manqueraient pas d'avoir des ouvrages où la pègre fanatique d'antan aurait été admise à travailler, voire à approcher la gigantesque machine importée d'outre-mer.

Les bas-fonds semblent devoir être affectés à une douzaine de savants qui peuvent mourir d'une minute à l'autre d'une infection de la cervelle, car ils ont consacré chacun quarante ans de leur vie à la spéculation mystique. S'ils survivent, peut-être ne s'offusqueront-ils pas d'être logés dans des caves ; auquel cas ils mourraient aussi, ayant horreur de la vie collective et du travail.

Enfin, avant d'être présentés à la machine, c'est à l'os, au bois vif, à la corne que s'attaquent les déportés.

— Ce n'est pas moi, dit Mourad, tirant son visage de l'eau froide, qui mourrai dans cette tristesse ! Il nous faut une ville.

Au loin s'élèvent les chants des bergers. Les troupeaux sont cachés par un rideau de figuiers, sauf quatre moutons évadés qui se précipitent dans un marécage piqué de rochers et de fleurs.

Des ombres gracieuses nous font ouvrir les yeux sur les montagnes blanches et chaudes.

Rachid quitte sa place en rampant ; les ombres restent distantes, et nous rejoignons Rachid, qui s'est accroupi face aux barbelés.

— Les merveilleuses créatures !

En quelques bonds, *Mourad a franchi la haie ensanglantée*. Il reste étendu, à deux doigts d'être libre !

Nous lui faisons signe de nos mains engourdies. Il ne répond pas. Nous apercevons sa tête extatique qui retombe sur sa poitrine. Il est envahi par une effrayante passion, notre bon ami Mourad ; à notre grand regret, il ne regarde pas en direction des beautés qui nous ont éveillés.

Un chat, réveillé à son tour par ce soudain recueillement, se redresse ; il se traîne jusqu'au feu. Les sirènes sonnent l'éveil. La première équipe reçoit sans incidents ses vivres ; mais les hommes sont mal éveillés. Leurs yeux luisent. L'un s'agenouille pour prier, et tremble ; il est certain qu'il nage dans une belle volupté ; ces invocations n'auront donc pas de fin ! Il s'obstine à jeter son front contre terre, en souriant. Les machines entrent en action. L'équipe s'élance sous les premières lueurs des fonderies ; le chat soulagé se rendort.

ASSEMBLÉE GÉNÉRALE !

Les orateurs sont d'un certain âge ; leurs paroles ne manqueront pas de saveur ; il est question de la chasse hebdomadaire aux jeunes filles — discussion dangereuse. Nous apprenons que les vierges d'alentour envoient sans se lasser des courtiers munis de photographies ; d'autre part, ces jeunes filles, que nous apercevons assez souvent derrière les barbelés, ne placent pas en nous tant d'espoirs. Certaines auraient largement diffusé nos fiches de paie. L'un des orateurs qui ont eu le plus de succès nous suggère une tactique toute de circonspection ; il nous conseille le travail et la patience. « Pour ce qui est des filles, elles cesseront de jouer la comédie quand elles nous verront accéder à la machine. Ou bien elles nous réserveront une petite place, bien au chaud, dans leurs rêves, ou bien elles manifesteront en masse pour notre élargissement, comme au temps du matriarcat. »

A peine sommes-nous dispersés, que des bruits hostiles se font entendre... Sont-ce des militaires en manœuvre, lassés par les voyages, sabotant leurs instruments à vent ? Il nous faut rester bien calmes, pratiquer même une certaine mortification, pour écarter ces bruits maudits.

— Savez-vous qu'il y a une fête à Bou-Andas ? dit Rachid. Un grand musicien juif est arrivé de Bougie. Les bergers l'ont signalé hier.

Les bruits redoublent. Nous faisons les cent pas.

— En somme, souligne Rachid, les réjouissances ne sont pas loin de nous. Je donnerais beaucoup pour voir les danseuses...

— Si c'est une grande fête, dit Lakhdar, elles feront une apparition après le café, puis laisseront la place aux musiciens.

— Ce juif joue du luth ?

Les bruits font place à un morceau de luth joué très rapidement.

— La fête est tout près d'ici, dit Lakhdar en courant. Venez !

— On entend mieux d'ici.

Toutes les lumières du camp s'allument. Les inspecteurs rassemblent les équipes à longs coups de sifflet.

— Restez debout devant vos cabanes ! Ne bougez pas !

Nous reprenons l'ouvrage vaillamment, avec tant de vaillance que le directeur, alarmé, nous accorde un repos de plusieurs semaines.

Nous contemplons avec stupeur nos outils entassés dans un hangar, d'où nous ne pouvons, à aucun prix, les retirer.

— Mourad ! Ne te laisse pas abattre ! Une de perdue, dix de retrouvées ! Dis-nous ce que tu as vu, même si ce n'est pas grand-chose...

Rachid s'approche en tapinois de notre camarade, tandis que nous les exhortons, à voix basse, contre le vent... Enfin leurs paroles nous parviennent.

— Allons, avoue qu'elles ont disparu.

— Je les ai vues.

— Mais toi, Mourad, où es-tu, avec elles, ou avec nous ?

Après la fugue de Mourad, nous disparaissons avec

des gestes diaboliques ; nous prenons livraison de notre part de livres, ayant reçu l'autorisation de lire au clair de lune.

Tanger, 5 juillet 1847. — Les activités inlassables de l'émir Abdelkader au Maroc ont été signalées de divers côtés à l'attention de l'empereur Abderrahmane. Son neveu, Mouley Hachem, et l'un de ses caïds, El Hammar, soulèvent actuellement dans les tribus des effectifs destinés à intervenir contre l'émir. Abdelkader est accusé d'ambitions politiques et de menées hostiles au pouvoir impérial. Les partisans d'Abdelkader se retrouvent surtout parmi les adversaires de la présence française, assez nombreux dans les régions rurales et frontalières de l'empire. Aux dernières nouvelles, Abdelkader serait parfaitement informé de ce que l'empereur prépare contre lui, bien que les deux hommes soient en principe alliés contre la France. Un premier choc s'est produit entre les troupes d'Abdelkader et deux cents cavaliers du caïd El Hammar qui furent culbutés. Des émissaires d'Abdelkader qui venaient demander une explication au caïd ont été maltraités par lui. A la suite de cet acte de représailles, Abdelkader décida une attaque sur le camp d'El Hammar, le long de l'oued Azelef. L'opération était menée par ben Yahia, l'un des lieutenants d'Abdelkader, qui déboucha, au point du jour, avec un petit groupe. Une fusillade nourrie trompa les hommes du caïd, qui furent pris à revers, en un grand désordre. Abdelkader lui-même avait participé à la seconde phase de ce coup de main. Le caïd eut la tête tranchée. Dès qu'il fut informé, l'empereur donna l'ordre de préparer une expédition, en bonne et due forme, contre Abdelkader. Des troupes considérables sont acheminées de Fez vers le Rif, où nos agents relèvent la popularité croissante d'Abdelkader.

La nuit touche à sa fin, et les actionneurs des sirènes boivent le thé autour d'un feu. Ceux qui dorment ont leurs livres à leur chevet. Les autres lisent en soupirant...
Lakhdar est indigné.
— C'est de l'esclavage ! Nous escomptions un profit déjà problématique en construisant ces absurdes bâtiments, et voilà qu'on nous enlève nos outils !
Rachid pleure devant le hangar, en grattant sa tête crasseuse.
— La fête doit être finie, à présent...
— Eh oui ! Nous sommes maltraités par des inconnus et des ignorants, opine Si Mokhtar.
Le gouverneur !
Il est arrivé dans une modeste jeep, penché sur des collaborateurs qui se donnent beaucoup de mal pour nous traduire son message. Cependant, le chef de l'Algérie se montre paternel. Il se peut que son langage ne soit pas tout à fait incompréhensible.
— Mes enfants, il est dangereux de se spécialiser dans les rudes métiers des temps modernes, surtout au sein d'une entreprise comme la nôtre, qui, somme toute, est destinée à se réaliser sans vous... (Traduction Si Mokhtar.)
— Alors, pourquoi exposer des plans si beaux à des condamnés ? dit Rachid, les mains ruisselantes de larmes...
Les fossoyeurs ont suivi de peu le gouverneur. Voilà bien notre chance ! Ces sacrés fossoyeurs sont reçus avec respect. On dit qu'ils vont assister à notre veillée

et filmer nos derniers soubresauts pour les « Actualités ».

— Où est le corps de votre camarade ? osent-ils demander, sans se douter qu'ils peuvent bien se faire enterrer à leur tour.

C'en est trop. Mourad ressuscite à voix basse :

— Sinistre est votre erreur, si vous cherchez en moi le meurtrier de Monsieur Ricard. Je conçois bien que vous cherchiez un corps coupable, mais pourquoi persistez-vous à le nommer Mourad ? En ce siècle de toute-puissance scientifique, vous faites peu de cas de la loi de Pythagore ! Ne vous avait-il pas prévenus que l'âme d'un corps disparu n'erre autour du cadavre que jusqu'à rencontrer un autre corps ? Au cas où Pythagore ne suffirait pas, sachez que l'Administration criminelle proprement dite n'existe pas aux Etats-Unis. Ce n'est que le retour du criminel *dans la même prison* qui établit l'état de récidive. Convenez donc que vous risquez de commettre deux erreurs également énormes, soit que vous expulsiez de mon corps des locataires innocents, soit que, n'ayant jamais changé de prison depuis ma naissance, je me trouve en droit de refuser votre sépulcre qui risque, lui, de me conduire à quelque nouvelle inculpation...

— Pardon, crie le chef des fossoyeurs, mais vos paroles ne font que semer le doute parmi les vivants. Laissez-nous débarrasser le chantier de la pourriture.

— Malheur ! râle Mourad. Ils ne savent qu'achever les gens !...

Passons sous l'ascenseur, visitons la gare, et de là se couler vers le port, les yeux gros ! Nous descendons d'un train de nuit et nous avons dormi sans vain souci, mieux que des rois. C'est un spectacle du XIVe siècle. Avant l'hégire ? Et après ; et le sifflet de la locomotive américaine serait l'appel d'un tas de cigales sous le foin, au moment des luttes entre hordes barbares : le neveu du président de l'Assemblée algérienne, les valises différentes d'aspect et de couleur, comme si c'étaient des sorciers qui se préparaient à prendre place dans les wagons. L'Algéroise délicate, pour avoir attiré près d'elle cet employé couvert de plaies d'argent, criblé de dettes immorales, s'évanouit douloureusement à chaque station et de sa bouche vibrante s'empare d'une orange. Le malchanceux serre les dents, ayant à dormir tout le temps pour effacer sa honte, il eût fallu le supprimer dès à présent. Trois marchands à turbans hypocritement égalitaires laissent passer dix minutes, puis allument la cigarette roulée de main de maître au briquet aveuglant du plus jeune — celui du vieux gît enfumé dans sa poche, composé d'une mèche qui brûle au quart de tour — puis hurlent, cette fois sans nulle affectation ; rarement, des maniaques s'émeuvent de ces cris, ils ne comprennent rien à l'excitation de leurs compagnons de voyage ; pourtant, ils savent que le colosse ne s'entend pas hurler, oh pas le moins du monde en pareille circonstance, s'il prétend repousser l'assaut des concurrents et dérober son idée fixe ; pour vous en finir, ils n'arriveront ni l'un ni l'autre au cœur de la grande ville. Que voulez-vous qu'ils y aillent faire ? Pour qu'ils découchent hors du bain maure où tout leur argent tend à disparaître ? Pour qu'ils soient tentés de jouer à « trois cartes » devant les portes des Messageries, perdant de la plus drôle façon le prix d'une tête de bétail ? Mais grand-père Mahmoud, payant d'audace, grisé par le jeu envoûtant des poteaux et du vent, du vent et du soleil pourchassé dans les ronces, ravi de partir sur vingt roues d'acier ou plus, ravi et commençant de démêler en sa mémoire une certaine détermination de fuir, aussi loin qu'il l'eût jamais cru — songez donc ! Aussi loin que les roues rompues dans les frissons des fosses aux joncs fracassés, agrippé au dos d'une larve qui souffle des nuages sur les lauriers-roses — eh bien ! Il résolut, sans l'avouer sur ses propres lèvres (il était trop timide et désireux de se taire pour dire bêtement : je vais à Alger) de poursuivre jusqu'à la capitale. En un mot, désobéit à toute décision, et plongeant son argent dans le creux de la main, pensait au port et aux navires que Lakhdar avait envoyés sur la carte postale, oubliait de descendre à Sétif, voyait en rêve l'antichambre d'un lieu maudit où une première Espagnole, mélangeant l'alcool à de l'eau droguée, s'était mise à danser, aspergée à grands jets de sperme, et à verser des larmes, tandis que les deux autres transportaient l'assistance par des chants propres à célébrer la traite des blanches. Il croit, à la rue Bab Azoun, dépister immédiatement les citadines voluptueuses ; il s'émerveille de la taille des filles portant le pain au jour ; des passantes, honteuses de se montrer à neuf heures du matin, le pressent contre une boutique, au risque de l'écraser. Il a mieux dans la rue du Croissant, que remplissent les cultivateurs chassés par la famine ; dans cette artère de la plus bouleversée des cités de la mer, quelques voleurs de grand chemin l'apprivoisent, il boit avec eux sans le moindre mal au cœur de ce breuvage servi dans des jarres pour tromper l'œil des croyants, faisant le calcul de ce qui lui reste, puis c'est minuit et les voleurs prennent l'attitude de singes pour se moquer de lui, peut-être pour fuir ; imprudence merveilleuse ! Il a pris le filou par le coin de la veste, ses agresseurs l'enfouissent dans son burnous, il se dégage, tombe sous les bâtons, mais l'argent il le tient, et même il le brandit, bien serré dans sa paume, ainsi qu'un poing américain, il n'est pas né d'hier, les voleurs l'abandonnent, il remonte le long des rues paisibles qu'il méprisait avant cette leçon, à la recherche d'un oncle et de gens du pays qui se sont retirés dans une impasse où la police viendra les prendre à l'apparition des verres sur les tables longues comme des cercueils, sachez qu'il trouvera encore des garçons aimables qui ne demandent qu'à le pousser dans un couloir, non point pour le laisser à la merci des ombres, non, pour essayer leur courage, satisfaisant leur goût des empoignades mystérieuses aux dépens de sa bonne foi, et, au fond, de sa curiosité, lui qui connut de plus rudes alarmes quand il chassait le sanglier en danse énigmatique des chênes autour des fuyards ! Il sentira le désarroi s'échouer dans cette vaillante ville, pleine d'habitants peureux et de bandits d'honneur, encore plus depuis que la guerre et le recommencement de la famine ont attiré des enfants à peine nubiles dans une existence piteusement hasardée entre la joie de trouver un travail facile, ou pas de travail du tout, et l'espoir de rencontrer plutôt quelque personnage influent qui fasse entrer des illettrés dans une banque, ne serait-ce qu'au jardin ; le mieux n'est plus, comme au village, de feindre sa vraie vertu, mais d'errer dangereusement, peut-être même d'entrer dans l'une de ces maisons tellement bruyantes et ouvertes qu'on les dirait inhabitées ! C'est pas comme à Sétif, on n'entend pas la flûte, on ne voit pas de femme à la fenêtre ni de fellahs pleurant en chœur dans les fossés ayant changé en caisses de bière les derniers sous de la récolte.

Evitant l'ancienne ville depuis qu'il palpe son œil enflé, légèrement, comme s'il ne souffrait que d'une insomnie, il cherche un endroit en plein air où se reposer, avant de repartir, paisiblement, au petit jour, droit devant lui ; hélas, il n'a pas fini d'attirer les filous qui sont sortis du cinéma et se demandent, le nez gelé, si ce montagnard va s'approcher d'eux, pour entrer au Hammam où ils ont des complices déguisés en femmes, faisant grand bruit de leur Kab-kab[1] ; non, non, il ne dormira jamais dans cet effroi, mais comment s'éveiller à une aurore aussi triste et pleine de sifflements, quand les gaillards de tout à l'heure bloquent résolument l'entrée des cafés maures ? Les mendiants eux-mêmes, gisant près des poubelles, se gardent bien de fermer l'œil ; le vieux se cache encore en face de la poste, mais il voit devant lui des policiers apparemment plus agressifs que les voleurs, et, de plus, inaptes à distinguer le danger, ce sont d'anciens soldats devenus immobiles, pareils à ces statues qu'adorent les mécréants ; enfin, quand il fait jour, il retrouve l'escalier et descend vers la gare, ses souliers à la main ; il médite, il rumine dans sa barbe, mentant comme d'habitude à sa défunte épouse par l'entremise de lui-même, le naïf !

La demeure de la coquette gardienne des enfants s'élève au bout des terrains de blé. Elle a vingt-deux ans, yeux étroits ; c'est la personne rêvée pour les pâtres en herbe qui d'ailleurs, n'ayant accès à la superbe habitation-école, grimpent à la mare d'où l'on peut surprendre les charmes de la maîtresse, et jouant dans l'eau, le visage dans l'herbe, ils sortent de la cachette en vitesse.

1. *Kab-kab* : sabots dont on se sert pour aller au bain maure.

LE POLYGONE ÉTOILÉ

Les petits étudiants sans robe leur désignent le portail défoncé et les pauvres emploient la force pour séduire un groupe de fillettes sur le point de renoncer par bouderie aux plaisirs de la nature. Les auteurs de ce rapt involontaire sont des enfants chassés de l'école par une loi douloureuse et cachée. La maîtresse n'eut vraiment pas de haine pour ces obséquieux barbares, sans compter leur âge, les habits gris et déchirés, justement elle tricote une pièce éclatante sous un pilier ; devant elle, deux ans et demi, un bâtard à la voix de feuille. Sous l'égide des bergers, les jeux du village sont abandonnés. La forêt envahit l'école, les habitants des mares se transportent dans la cour ouverte ; hirondelle aux chastes épaules dans les bris des cèdres ; l'eau de la pluie glissant hors des cailloux, entre les pavés trente insectes disséminés dans la poussière chauffent leurs griffes. Les écoliers touchent les bras boueux des pauvres voyous.

Les jours de semaine, nous restions au jardin. Il y avait un bassin, quelques arbres fruitiers, des carrés de légumes, et des pois de senteur accrochés au grillage. Le jardin était vaste, faisant le tour de la maison, sauf d'un seul côté. Le père d'Albert nous assigna un coin où nous pouvions tout faire : creuser, utiliser les brouettes et les divers outils, descendre au garage pour y réparer nos carrioles sur roulements à billes. Nous disposions aussi d'une baraque du côté de la rue qui allait droit de la prison civile et la gendarmerie, à la justice de paix et la commune mixte. Dimanche et jeudi, notre groupe s'augmentait de Luigi et de Palmipède, parfois d'autres camarades d'école. Un de ces dimanches, j'eus l'idée d'une armée d'enfants et m'octroyai sans plus tarder le grade de général. A la suite d'une défaite, debout sur la brouette de l'infirmier

Albert, je dus faire mon autocritique et me rétrograder au grade de simple soldat. Mais je ne tardai pas à reprendre la tête d'une dizaine de recrues, en désignant parmi eux un colonel, un capitaine et un sergent. Nous étions à l'âge où le monde adulte semble ridicule, et nous méprisions tout ce qui n'était pas dans la règle des jeux sans pitié de l'enfance. Notre monde à nous, tout faux qu'il était, et nous le savions, avait pour lui toute la force de l'élan vital. Il fallait à l'armée être une chose à part, et placée au-dessus de tout. Il s'agissait aussi de créer une tension et un état de guerre. Notre conseil élimina toute idée de combat en dehors de nos positions. Les jeunes bergers nous faisaient fuir à coups de fronde. Il nous était arrivé de mettre en déroute d'autres bandes rivales, composées de camarades qui ne pouvaient ou ne voulaient se joindre à notre groupe. Nous les avions battus, et ralliés en partie. Il nous fallait donc d'autres ennemis. Les jours de vacances, nous avions la ressource de former deux clans et de nous affronter dans les grandes manœuvres. De cette façon, et sans ennemis, il était possible de maintenir un équilibre entre les jeux de l'école, éphémères, de courte durée, réduits à la demi-heure de récréation matin et soir, et les jeux de la guerre, qui demandaient du temps. Nous sortions à quatre heures. De quatre à sept, tous les camarades avaient quitté l'école. Les uns restaient à l'étude jusqu'à sept heures. Les autres les attendaient au jardin. Nous avions obtenu du père d'Albert la permission d'occuper les tranchées creusées en prévision de la grande guerre, la vraie, que tout le monde attendait. On ne parlait que de Hitler et de l'Allemagne. On racontait les grandes batailles de la première guerre mondiale. Ces récits furent pour beaucoup dans l'idée que nous eûmes d'étendre notre domaine jusqu'aux tranchées réelles creusées devant la route.

Le colonel : Quand on n'a jamais vécu dans la troupe, quand on n'a pas senti la douleur et la crispation des hommes qui vont déboucher pour l'assaut et probablement mourir, quand on n'a pas vu de ses yeux les rangs fauchés autour de soi par la mitrailleuse, il est très facile de téléphoner de loin, du fond d'un P.C. sûr et confortable : « *Attaquez, attaquez coûte que coûte !* », et ensuite d'aller dîner. Etre un bourreau d'hommes, c'est la meilleure manière de décrocher les étoiles. Quant aux soldats, ils se demandent si mourir pour le communiqué, c'est mourir pour la France.

Painlevé : J'avais décidé de ne remplacer le général en chef qu'après un succès au moins d'estime qui lui sauverait la face... Si les résultats des nouvelles batailles étaient médiocres et chèrement payés, du moins les apparences étaient sauves. Le nom historique de Craonne sonnait bien dans les communiqués. Sur mes instructions, la presse du 5 au 10 mai célébra la victoire de Craonne.

Marcel Fourrier : C'était donc là toute la conscience des hommes qui nous ont gouvernés pendant la guerre ! Pour sauver le prestige d'un général en chef qu'il n'ose même pas couvrir, et toujours au nom du moral de l'arrière, un ministre de la Guerre a eu cette lâcheté inqualifiable de sacrifier 25 000 soldats, car ce sont bien 25 000 cadavres, 25 000 corps déchirés de jeunes hommes qui sont venus, ces deux jours-ci, s'amonceler sur le Chemin des Dames. Comment s'étonner, dès lors, des mutineries qui s'ensuivirent ?... Et quand il parle de son émotion lors de l'exécution du caporal Lefebvre, enfant de vingt ans venu des pays envahis à travers les lignes, après avoir vu fusiller son père par les Allemands, qui s'était battu en héros, cité, médaillé, mais qui, dans un moment de juste exaspération, avait tourné son fusil contre un officier, M. Painlevé est peut-être sincère, et c'est ce qui est le plus effrayant !

Jean Xavier : C'est pas la première fois. J'étais en Algérie, dans la 7ᵉ compagnie de discipline. J'ai tué un gendarme. On m'a exécuté à Bab El Oued, sur la place publique, le 26 février 1840. Un cigare, S.V.P. !

Rumeur publique : Il est mort courageusement. Son cigare terminé, il refusa de se laisser bander les yeux. Arrivé face au peloton, il ordonna lui-même le feu.

Jean Xavier : Vous savez que j'ai du courage, mais si un condamné à mort vous dit qu'il n'a éprouvé aucune angoisse à la dernière nuit de sa vie, il ment !

Messimy : La Chambre tout entière sent l'urgente nécessité d'une réforme profonde, non seulement de la législation, mais surtout des mœurs publiques en Algérie. Cette réforme profonde résultera tout d'abord de la modification du régime de l'indigénat, de la suppression de l'internement administratif dans un pénitencier. Ces deux modifications peuvent être considérées comme la préface urgente et nécessaire de toute la politique de réforme. Il restera ensuite un grand nombre de changements à accomplir.

A mon sens, le moyen le plus sûr, le plus efficace et le plus général de réaliser d'une façon pratique et en très peu d'années ces réformes, c'est de donner aux indigènes non pas l'égalité politique — il faut au début de mes observations qu'il soit bien entendu que personne de sensé ne réclame pour les indigènes l'égalité des droits politiques — c'est, dis-je, de donner aux indigènes non pas l'égalité des droits politiques, mais un régime représentatif tel qu'ils puissent réellement faire entendre leur voix en toute liberté et sans contrainte, et porter leurs plaintes devant l'opinion publique souveraine. (Très bien ! Très bien !)

Rachid : Je n'étais guère disposé à naître quand ma chère cité Constantine retentit sous un discours de son maire, le docteur Morsly.

Le maire Morsly : Monsieur le Ministre,

J'ai le très grand honneur de vous saluer très respectueusement au nom des populations musulmanes de Constantine. Depuis que la circonscription leur est appliquée, ils *(sic)* savent, ils comprennent qu'ils sont entrés plus intimement dans la grande famille française...

Mustapha : A cette époque, mon grand-père avait acheté deux caisses d'apéritifs variés, afin de se fortifier, selon les conseils du docteur Morsly. Ces deux caisses portèrent à leur comble les sentiments antifrançais de mon grand-père.

Rachid : Ton grand-père habita donc Constantine ?

Mustapha : C'était un client du docteur Morsly, un suppléant magistrat à la Justice musulmane. C'était surtout un précurseur des Frères Musulmans. Il tenait à la civilisation arabe et à la virginité de ses filles.

La censure : Honte aux scribes de ton espèce qui publient pareils détails !

Tahar : Y a ceux qui savent pas lire, et ceux qui savent pas boire. Soyons sérieux au bar, et celui qui veut du scandale n'a qu'à rentrer chez lui.

Le commandant : Monsieur le Ministre, l'insulte faite à notre pavillon par la prise du navire de commerce commandé par le capitaine Jouve rendait nécessaire l'occupation de Cherchell, dont le port menaçait de devenir un nouveau foyer de piraterie. On ne s'est pas battu pour Cherchell. La ville était vide. On n'y a trouvé qu'un pauvre aveugle, et un crétin de deux pieds de haut. Mais ce n'en est pas moins une fort bonne opération.

Jean Xavier : Un instant ! Mon cigare s'éteint. Je le rallume, c'est mon droit. Je ne suis pas encore mort, et j'ai lu les journaux. Le commandant radote. Un colonel est arrivé, porteur des instructions formelles du ministre. Le maréchal doit éviter de faire à Miliana et à Médéa ce que nous avons fait à Mascara, en détruisant et en ruinant la ville, ce qui permet à l'étranger de nous appeler les Vandales du XIXe siècle. Non, je n'accepte pas qu'on me bande les yeux.

Le commandant : Certains mouvements de troupes donneraient à penser que le maréchal, à la suite de ses conférences avec le colonel Delarue, a résolu d'avancer la date de son entrée en campagne contre l'émir Abdelkader, soit pour opposer un succès aux réticences ministérielles, soit pour devancer l'arrivée imminente du duc d'Orléans. On assure même que des suggestions secrètes de M. Thiers sont à l'origine de ces préparatifs. M. Thiers, en effet, verrait d'un mauvais œil l'héritier présomptif du trône en Algérie, de même qu'il redouterait d'y voir M. Bugeaud, auquel le lieraient des engagements parlementaires pour le poste de gouverneur général... Mais le maréchal Valée ne serait pas incapable, à lui seul, d'avoir brusqué les choses, et bousculé le ministère. Dernièrement encore, le maréchal n'avait-il pas informé Paris que si le général Cubières venait en Algérie, il le ferait saisir par les gendarmes ? Or cette information devait parvenir en droite ligne au général Cubières lui-même, devenu ministre de la Guerre dans le gouvernement du 7 août... Il est vrai que rien n'a changé dans la conduite des opérations. Le gros de l'armée a quitté Blida le 26 avril et a eu le même jour un engagement de cavalerie qui n'a pas été sans importance, à l'extrémité occidentale de la plaine. Deux bataillons et deux escadrons ont été détachés en dernière minute pour prendre position à Douéra. Cependant, le 28 avril, à la faveur du brouillard, les Arabes ont pénétré jusqu'à Bir Khadem, où ils ont assassiné des colons ainsi que leurs domestiques, et ont ensuite attaqué Maison-Carrée, bien que les gendarmes fussent sur leurs traces. Le lendemain, dans la même région, de nouvelles incursions nous étaient signalées. On nous écrit d'Oran que Bou Hamedi est toujours campé à la montagne de Tesseila. Lui et Bentami ont confié à Abdelkader la moitié de leurs troupes.

Ces deux chefs semblent se tenir sur la défensive, mais on tire toujours aux portes de Cherchell. Le 27 avril, à quatre heures du matin, l'ennemi avait déjà simulé une attaque. Comme les Arabes se montraient en nombre sur les hauteurs, je dus quitter la ville avec trois compagnies, mais je fis demi-tour, en camouflant mes lignes. Le 28 avril, vers huit heures du matin, les premiers groupes vinrent se briser sur nos défenses et perdirent vingt hommes. Nous eûmes deux tués. Mais ce n'était qu'une escarmouche. La journée du 29 commença par des coups de fusil. A cinq heures, une colonne de reconnaissance tomba dans une embuscade, du côté de la porte de Ténès, à deux cents mètres de la place. On ramena cinq blessés graves, officiers et sous-officiers. Les Arabes avaient frappé à la tête, puis s'étaient dispersés. A cinq heures de l'après-midi, comme je me trouvais au bord de la mer, la fusillade reprit, et je fus atteint à la cuisse gauche. Je perdis un autre homme. On passa la nuit sous les armes, l'ennemi ayant manifesté une inquiétante connaissance de nos mouvements. Le premier mai passa. Nous n'avions eu à repousser qu'une brève attaque sur le poste de Bal El Arouss. Un soldat fut tué. Mais le lendemain, à dix heures du matin, les Arabes descendirent en masse. Il y avait bien deux mille combattants en ordre de marche, avec d'importantes réserves qui devaient attendre des armes, ou se préparer à les récupérer sur le terrain, comme à leur habitude. La compagnie de piquet fut assaillie la première, par le littoral. Le lieutenant et le capitaine ayant été touchés dès les premiers coups de feu, la compagnie perdit le plus clair de ses hommes. Cinq avaient eu la tête tranchée.

Le soldat : Mon colonel, voici la tête.
Le commandant : Bien. Qu'on l'expose, qu'on la promène dans les tribus.
Le soldat : A vos ordres.
Il sort.

   Le commandant :
   Dieu ait son âme !
   L'artisan de ma gloire
   Je veux qu'il aille au paradis
   D'ailleurs il y allait
   La tête la première
   Car il était en fuite
   Vendu par l'un des siens
   Lorsqu'il fut pris en chasse
   Par quatre grenadiers
   Qui l'abattirent aussitôt.
   Il est tombé à quelques pas
   De sa jeune femme
   Et de ses quatre enfants.
   Dieu ait son âme !
   Entre le colonel.

Le commandant : Mon colonel, à vos ordres.
Voici mon rapport :
La mort de ce bandit
Loquace et influent
A frappé de terreur
Les soldats indigènes.
Aucun n'osa descendre
Jusqu'au fond du ravin
Où gisait le cadavre.
Il me fallut prendre de force
Le cheval d'un spahi
Qui pleurait comme une femme.
Mais ce fut pis encore
Quand je voulus avoir la tête
De ce prêtre maudit.
Aucun spahi n'osa exécuter mon ordre.
Enfin un jeune Turc
Dont les services nous sont acquis
Décapita le monstre
Et lui trancha le poignet gauche.
Encore m'apprend-on
Que mon Turc à son tour
Vient de perdre la tête
De sanglante façon
Et ceci dans nos propres rangs
Parmi nos propres mercenaires.
Plus que jamais je dois sévir.
Si par malheur ils ramenaient
Un seul rebelle vivant
Sauf interrogatoire
Tous mes soldats sont prévenus
De ce qui les attend.
Notre devise est simple :
Abattre tous les adultes

Jusqu'à l'âge de quinze ans
N'épargner que les chiens
Qui rampent à nos pieds
Et déporter le reste vers les îles Marquises.
Si je puis me permettre
Une pensée politique
Telle est mon colonel
L'unique solution.

Le colonel sort sans répondre.

Le commandant s'approche d'Irène et reprend son récit.

Le commandant : Pendant ce temps, le combat étant engagé à l'ouest, l'ennemi poursuivait à l'est, vers la porte d'Alger, une manœuvre de diversion pour éloigner les compagnies de renfort dont j'avais pris la tête...

Irène : Malgré ta cuisse gauche ! Mon pauvre ami, toi qui dansais si bien...

Le commandant : Je ne regrette rien. On se repose à l'hôpital, on rencontre d'autres officiers, on apprend, on médite, on trouve le temps d'écrire, et surtout d'exploiter tous les renseignements qui ne parviennent pas toujours au maréchal. Pourtant, il faut le dire, dix ans après notre débarquement, nous sommes loin, hélas, d'être au bout de nos peines. Les principaux lieutenants d'Abdelkader dans la région d'Alger sont chacun à la tête d'un véritable corps d'armée, agissant avec un ensemble et une tactique dont les précédentes opérations n'avaient pas donné d'exemple. D'autres tribus qui semblaient neutres se sont ralliées à l'émir. Ce regroupement explique les attaques, aux environs d'Alger, le 14 et le 15 mai. Qui donc pourrait dormir tranquille dans la capitale apparemment conquise, quand des ombres inconnues viennent couper des têtes au café des Platanes, à deux pas du champ de manœuvres ? Comme des bêtes harnachées qui ruent dans les brancards, nous sentons le danger et pourrions bien le désigner, si seulement on savait à qui parler ! Conseillers, procureurs du roi, douaniers, percepteurs, receveurs, intendants, paperassiers de toute espèce, et jusqu'à un évêque, tout ce cortège nous accompagne dans la guerre. Nos fantassins, dans leurs uniformes étriqués, s'épuisent à poursuivre un adversaire plus subtil qu'on ne l'imagine, et combien plus léger... Nos plus redoutables colonnes, embarrassées de princes en équipages, doivent d'abord tracer des routes carrossables, alors que l'ennemi s'infiltre et passe comme le vent à travers nos lignes. *(Coup de sirène.)* Un bateau part ce soir. Excusez-moi. Il faut que je vous dicte...

Irène, écrivant: Monsieur le Ministre,

Le commandant: Le maréchal et le duc d'Orléans sont parmi nous. Nous sommes allés à Médéa pour y laisser des troupes, et aussi pour en perdre : au retour, en franchissant le col, nous avons eu à soutenir un combat acharné, le 21 mai, du matin jusqu'au soir. Quatre cents hommes hors de combat. Triste journée, en vérité, pour le duc d'Orléans ! Et encore, on lui cache que la fameuse plaine de la Mitidja est restée une semaine sous l'administration directe d'Abdelkader. Le maréchal a beau courir, on n'apprend pas la guerre à soixante-dix ans ! Nous savons qu'un vent de défaite souffle déjà au Parlement. Le général Sébastiani a osé, pour la première fois, à la séance du 15 mai, s'opposer à la conquête. Selon lui, en cas de conflit sur le vieux continent, nous devrions fatalement évacuer l'armée d'Afrique. Heureusement pour la France, M. Thiers, un civil pourtant, l'a remis en place : le jour où nous ferons une guerre en Europe, il importe peu que nous ayons ou que nous n'ayons pas quarante mille hommes en Afrique, car nous devrions mettre six cent mille hommes sur le théâtre d'opérations... Non, Alger ne saurait affaiblir notre position. C'est une conquête utile et une école de gloire pour nos jeunes soldats. L'Algérie touche à Gibraltar par Oran, à la Sicile par Bône. Nous agissons mieux en agrandissant le port d'Alger pour tenir trente navires de guerre, qu'en envoyant dans l'archipel de coûteuses escadres. Nous formons mieux ici nos officiers, dans une guerre de tous les jours, tandis qu'aux grandes manœuvres classiques en Europe, on ne fait que courir après l'image ou l'idée du combat.

Clairon : As-tu vu
   La casquette, la casquette
   As-tu vu
   La casquette du père Bugeaud ?
Les officiers saluent, au garde-à-vous.
Bugeaud : La guerre que nous allons faire n'est plus une guerre à coups de fusil. C'est en enlevant aux Arabes les ressources du sol que nous pourrons en finir avec eux. Ne soyez plus seulement des soldats, mais aussi des laboureurs et des colons de l'Algérie nouvelle. Que l'indigène soit refoulé dans ses forêts si meurtrières, qu'il pourrisse dans les marécages, qu'il connaisse le sort du loup, du sanglier, de la bête aux abois. Ne laissez plus à l'ennemi ni troupeaux ni récoltes. Au retour des combats, partout où flotte notre drapeau, donnez l'exemple, Messieurs les officiers : coupez du blé, coupez de l'orge, en un mot, pacifiez !

Les officiers :
I : Un rêveur, un socialiste !
II : Un langage de politicien.
III : Lamoricière, voilà un chef.
IV : Je l'ai vu prendre Constantine.
V : Une hache à la main.
I : J'y étais. A sept heures du matin...
II : Et nous avions du sang jusqu'aux genoux.
III : Vive Lamoricière ! A bas le maréchal !
Volée de cloches. Les officiers tournent en rond, au centre de la scène.
I : Une seule embuscade
Trois cents hommes hors de combat
Sans parler de la fièvre
Et autres calamités de la terre africaine !
Des compagnies de cent vingt hommes
Qu'on voit fondre au soleil
Réduites à trente individus
N'est-ce pas un désastre ?
Et nous sommes encore à six lieues de Blida !
II : Enfermés dans un poste...
III : Avec les bêtes malades...
IV : Les bagages des princes...
V : Et les cantines des généraux !
II : Si au moins on se battait !
III, montrant ses congénères : Des soldats, ça ? Pouah !
IV : Ils viennent presque tous des compagnies disciplinaires.
V : Pas un qui n'ait traîné un boulet à la patte.
I : J'en ai pris quelques-uns à voler des fusils !
II : Des munitions de guerre qu'ils vendaient aux Arabes !
III : Pauvre France !

IV : Pauvre Afrique !
Irène : Enfin des lettres, des lettres !
Tout un paquet de lettres
De Luc et de Lucien, de Lucien et de Luc !
Pauvres petits soldats !
Même en Afrique ils sont fidèles
A la France, au roi, et à moi, la petite Irène !
(Elle embrasse les lettres.)
A peine victorieux de l'odieuse commune
Les voici chez les Barbaresques
Menacés par la peste et la circoncision !
Mais je dois être courageuse.
Au moins, là-bas, ils poussent, mes pauvres petits choux !
Malgré le sol ingrat, ils gagnent leurs galons.
Oh ce serait vraiment une déveine
S'ils devaient tous mourir
Ou revenir avec la fièvre
Avec la danse de Saint-Guy !
Mais je dois être courageuse
Puisqu'ils sont tous en Algérie
Mon Luc et mon Lucien
Mon Lucien et mon Luc
J'attendrai leur retour
Fidèle moi aussi
Ayant de haute lutte
Ainsi par ma constance
Gagné le droit de vote
Et ravalé mes larmes
Pour moi tous les soldats passeront capitaines
Et s'il n'en reste qu'un ce sera celui-là !
Elle quitte la scène.
Lucien : Il neige à gros flocons, il neige en Algérie.
Nous piétinons, couverts de boue, de sang et d'huile,

et je ne sais quelles odeurs d'épices flottent dans l'air chargé de poudre. Un immense butin attend nos cavaliers. Mais il faut terminer d'abord la chasse à l'homme. On fusille, on égorge, on s'en donne à cœur joie, comme si on jouait avec des boules de neige, comme pour rire, et pour se réchauffer, en attendant la soupe, et les cris de terreur des êtres sans défense ne se distinguent plus des plaintes du bétail surpris, saigné sur place ou poussé au bivouac, avec les survivants qu'on interrogera pour les abattre ensuite. Des femmes sont entassées les unes sur les autres. Elles ont passé toute la nuit à souffler sur les lèvres bleues des nourrissons crevés de froid, comme les six mille têtes de troupeaux ennemis qui jonchent le terrain, dans toutes les directions... Vous le dites fort bien, mon oncle, nous sommes devenus les pires hors-la-loi, à force d'exporter la civilisation, à coups de sabre et de canon...

Entre M. Bertrand, en bourgeois métropolitain, et au pas cadencé, crucifié entre guerre et paix. Il siffle entre ses dents un vieil air militaire. Il se tient à distance.

M. Bertrand : Si tu n' veux pas t' lever
   Fais-toi porter malade...

Lucien, toujours couché, et relisant sa lettre : Il serait bien aventureux de nous rapatrier. La plupart d'entre nous ne supporteraient plus la vie civile, ni le retour en France, à moins d'y apporter nos propres volontés de bâtisseurs d'empire, loin de la populace, des salons parisiens et des intrigues cosmopolites.

Clairon : C'est nous les Africains
   Qui revenons de loin !

Toujours en sifflotant et au pas cadencé, M. Bertrand se place au centre de l'action, en mannequin épique, et rejette dans l'ombre le commandant Lucien, réduit à n'être plus qu'une voix mettant à nu l'état d'âme de son oncle : la progression en France des fièvres coloniales.

Lucien : Je puis à peine vous dire à quelle extrémité nous avons acculé ces misérables populations. Nous leur avons tout pris, leur honneur et leurs biens, quand ce n'est pas leur vie. Mais l'injustice n'est pas là. Car à présent l'Etat et la Caisse coloniale prétendent nous arracher les deux tiers de nos prises de guerre !

M. Bertrand : Ah mon petit neveu, si j'étais là...

Lucien : Quant à moi, je ne me plains pas. Je vous avouerai même que je suis proposé pour la Légion d'honneur...

M. Bertrand : Pas si mal pas si mal !
Mais il n'irait pas loin
Ce jeune coq épris de gloire
Si son oncle renard
Ne surgissait à l'instant même
Où semble s'engraisser la volaille d'Afrique !

Clairon : As-tu vu la casquette du père Bugeaud ?

Premier fellah : Han !

Second fellah : Le soleil monte.

Troisième fellah : Bientôt midi.

Premier fellah : J'ai soif.

M. Bertrand s'approche. Il fait le tour du maître, puis s'adresse aux fellahs.

M. Bertrand : Alors, on avance ?

Chœur : C'est le nouveau patron, un grand homme, dit-on. Il tient l'épée d'une main et la charrue de l'autre, selon le mot du père Bugeaud. Il achète des terres pour rien, ou presque rien. Dans ses nouvelles propriétés, il caresse les enfants et il invite les paysans à prendre le café, en toute simplicité. Il jure que rien ne changera sous son régime, qu'il veillera sur le respect des traditions, et il propose de s'associer avec ses voisins pour les attelages. A ceux qui n'ont qu'un bœuf, il prêtera le sien. Il avancera les semences, et on partagera. Il ne s'épargne aucun effort, en pionnier, en chrétien, en homme d'ordre ami des musulmans...

M. Lucien est un bel homme, athlétique, élégant, dans la force de l'âge. Suivi par une femme, il entre dans son studio, au centre de la ville.

Embrasse-moi ! gémit-elle, excitante, superbe, juste la femme qu'il fallait pour le couple idéal. Elle tombe à genoux. Il jette sa cigarette, ôte son pantalon, ne garde que la ceinture.

— Eteins.
— Déshabille-toi.

Il frappe à coups de ceinture, au son du jazz américain ; deux locataires haletantes se croisent dans l'escalier.

C'est son mauvais jour.
Il met de l'ordre dans son harem.
Un Sicilien, sans doute.
Non, un Corse.
Va savoir !
Tous les hommes sont des bâtards.
C'est peut-être un Arabe.
Intelligent comme il est ! Pas possible.
Tu as raison. Il est bien de chez nous.
Il a de qui tenir.
Ecoute, comme elle crie !
Quel homme !
Il pisse le feu.
Il siffle en faisant l'amour.

Un vrai coq.
Plein de plumes dans son lit.
Il a quatre avocats.
C'est pas pour rien...
Qu'on le surnomme Le Bourreau.
Ecoute, comme elle crie !
Et encore, elle a de la chance.
Il ne tue que les hommes.
Jamais on ne l'arrête.
On a besoin de lui.
Il nargue les policiers.
Comme une pierre dans leur jardin.
Il danse avec la femme du sous-préfet.
Tout le monde n'est pas admis, le samedi soir, à jouer aux cartes avec Le Bourreau.
Il est si beau, si fort !
Et puis, c'est un malin.
Son industrie ne chôme jamais.
Il a des amis au bureau de placement.
Il fait le difficile.
Mais il sait recevoir.
Il a des draps bleus et roses.
Toujours un poulet dans son frigidaire.
Et des billets de mille qui traînent sur le tapis.
Un artiste.
Tu penses !
Elles tombent toutes dans ses bras, et le moment venu...
Il se déclare, à coups de ceinture.
Après quelques séances, elles sont bonnes pour le trottoir.
Un technicien.
Ecoute. Qu'est-ce qu'elle prend !
Il ne peut pas lui pardonner de lui avoir donné un fils.

Un fils qui le déteste.
N'empêche qu'il héritera.

Pas de Chance est un ami des Lettres et des Arts. Je suis son secrétaire. D'abord, il m'a laissé dormir une bonne semaine. Fixé aux barbelés, le vieux drap qui me protégeait des intempéries me fit longtemps passer pour un photographe et un agent double.

Un transistor, enfoui dans le turban d'un magicien du Sahara, fait la joie des novices. Tapage Nocturne l'a confisqué. Il n'aime pas le seul disque égyptien dont nous disposons. En matière d'art, il est intraitable. Il me parle souvent, non sans finesse, de la nécessité d'organiser le terrorisme culturel propre à purger tout le Maghreb des faux artistes qui s'y prélassent... Il radote, mais c'est un bon agitateur.

En attendant des jours meilleurs, nous consacrons tout notre temps à la recherche d'un vrai joueur de mandoline. Si Ammar Mauvais Temps aurait fait nos délices, mais on dit qu'il est en Europe, dans une autre prison.

Pas de Chance m'a confié une première mission : nouer des relations commerciales et autres avec l'extérieur. Nous sommes, à cet égard, dans une situation des plus bizarres, à cause du remue-ménage perpétuel. Un orateur sagace, Visage d'hôpital, a soutenu qu'il nous fallait un programme à longue échéance, comme celui des Chinois.

La loi du nombre nous permet, en effet, d'agir à distance ; il ne manque au fond à notre incontestable prestige que sa consécration ; bref cette première période, ou ce prélude à l'harmonie qui nous fait défaut, consiste en une activité paisible qui laisse des souvenirs, en une courtoisie de mutinés en puissance qui n'auront pas besoin de menacer pour vaincre, du moins nous l'espérons, car nul n'ignore, en dernière instance, que notre mise en quarantaine nous désigne comme puissance amie aux réprouvés du monde entier.

Chaque fois, les plans sont bouleversés ; on ne sait pourquoi ; mais il y a de la pudeur à faire mieux que d'autres ; le cœur manque pour le premier coup de pioche, et c'est peut-être notre propre tombe que nous allons creuser ; nous travaillons pour les autres, et nous ne savons même pas à quoi nous travaillons... Faut-il mourir pour vivre ? Ah ! si on nous épargnait les mornes directives des contremaîtres !...

A la connaissance de ce pays qui a cessé depuis longtemps d'être le nôtre, il nous faut ajouter les travaux des Pères blancs, des jésuites, des prêtres en général, pour apprendre à décourager l'ardeur des néophytes, qui sont légion ; ils couvrent de leurs cris toute tentative d'accord. Nous sommes réduits, par leur faute, à ne jouer que de la matraque, pour obtenir le silence et convenir à tout le moins d'une trêve illusoire, une sorte de suspension du rapport des forces, en toute hypocrisie : à la guerre comme à la guerre ! Et comment distinguer l'ennemi, puisqu'il est dehors et dedans, partout et nulle part ? Beaucoup viennent à nous par crainte de manquer le grand jour des réjouissances. Les bâtards ! Ils ne sont aptes ni aux corvées, ni à la mandoline, ni à la pensée révolutionnaire. « Quelle cause magnifique ! Tout le monde est avec nous ! » disent ces démagogues. Impossible de leur faire admettre que nous n'avons rien à vendre ; or les mécènes qu'ils nous proposent sont des marchands. « *On ne peut pas dire que notre position soit très exacte. Nous combattons entre deux camps qui s'affrontent tous les jours. Les cris incohérents des deux molosses nous poussent à la bataille, et nous sommes les seuls à recevoir leurs coups de dents, alors qu'ils sont eux-mêmes perplexes, quant à la question de savoir s'ils se battent vraiment. Cette guerre n'a pas de nom. Pour les uns, comme pour les autres, nous sommes la plèbe suspecte à laquelle on arrache des adhésions contradictoires, vaille que vaille. Il n'est pas étonnant, dans ces conditions, que nous ayons constitué un troisième camp, bien malgré nous, car nous y sommes maintenus par la menace des balles perdues. Les évasions ne se comptent plus. Ni la détention, ni la mise à mort ne compensent les pertes que nous infligeons à nos incorrigibles recruteurs. »*

Telle serait, selon ses proches, la conviction de Raspoutine, exprimée dans l'intimité aux bonzes qu'il envoya, chargés de dons et de messages, dans les galères diplomatiques. Mais tel était aussi le langage nouveau des pacificateurs les plus subtils, qui profitaient du statu quo et tiraient les marrons du feu. Aux yeux des combattants, c'étaient des traîtres, des agents de la troisième force européenne et atlantique se camouflant, cette fois, sous les aspirations confuses du Tiers-Monde incarné par le roi, le président, le colonel, autant dire tirant son principe d'une triple impuissance à décider de son destin. La colère chinoise était réjouissante : il répugne au lion à jeun, devant qui on a fait le vide, pour n'avoir pas à écouter sa trop puissante voix, d'entendre des souris végétariennes et florissantes lui désigner, en toute candeur, les voies nouvelles du socialisme...

Oui, certains d'entre nous furent jadis de drôles d'oiseaux, on pourrait évaluer à plusieurs siècles tout le temps passé collectivement en prison, en tenant compte de notre jeunesse relative ; en règle générale, nous avons tous été des enfants plutôt précoces ; mais après tant d'exploits, le croupissement nous guette ; aux gesticulations à tort et à travers succèdent l'abrutissement solaire et les sables mouvants : l'exigence africaine abolit l'arbre après la fleur... Qui dirigeait le camp ? Mystère. Parfois un officier, parfois un fonctionnaire, parfois une autorité bicéphale ; le plus souvent, les civils emboîtaient le pas aux militaires, en ayant l'air de les diriger ; les détenus ne devaient jamais savoir entre les mains de qui on les plaçait, pourquoi et pour combien de temps ; on refusait même de les considérer comme des prisonniers ; tous, y compris les plus jeunes (certains n'avaient pas leurs dents de sagesse), ils avaient conscience de *faire leur temps,* selon la formule des Anciens, et ils s'acquittaient de cette dette imprévue en se consolant à l'idée que tous les peuples devaient passer par là, comme si ce brevet de barbarie n'avait pas toujours réservé de sanglants échecs, même aux grandes puissances, responsables des rigoureux programmes et des travaux écrasants... Ils n'étaient pas sans se douter qu'ils resteraient longtemps en prévention, et que la douteuse autorité, même si elle proclamait leur libération, ne manquerait pas aussitôt de reprendre sa parole, par un étrange souci d'équilibre qui fait de nos gardiens, aux yeux du monde ébahi, les virtuoses de la contradiction... Notre statut, de mémoire d'Algérien, fut toujours provisoire, et chaque fois qu'on le définit il devient un peu plus vague... Peut-être sommes-nous les premiers responsables de ce néant, d'où l'urgence de nous organiser enfin par nous-mêmes, à l'abri de tous les protecteurs ineffables qui pleuvent sur notre pays, de tous les horizons... Sommes-nous des monstres ? Ces pioches, ces crochets, ces armes, ces brochures qu'on nous distribue, qu'on nous reprend... Sommes-nous rassemblés pour un enterrement ou pour des fouilles, pour une révélation ou pour une mise au secret ? Les barbelés sont devenus presque invisibles ; notre nombre varie sans cesse ; il semble que nous ne serons jamais versés dans un camp bien déterminé, dans lequel nous pourrions prendre des habitudes, mais trimbalés d'un lieu à l'autre, en attendant quoi ? une véritable révolution. Tout nous y pousse, nous y conduit, à commencer par nos gardiens.

Parmi les tortionnaires, un seul parlait l'arabe. On l'appelait le Docteur. Un jour, il vint chercher un vieux fellah. On l'avait amené la veille, pour avoir enterré une mitrailleuse dans son jardin.

Une mitrailleuse !

Le vieux ne savait pas ce que ça voulait dire. Sa moustache affolée, ses yeux mi-clos, sans un regard, comme ceux d'un chat qui rêve, ses grosses mains tremblantes, son grand mouchoir multicolore, ses amulettes, sa montre d'un autre siècle, tout en lui protestait contre ce mot savant, cette arme ultra-moderne tombée dans son douar comme un aérolithe. Qui l'avait dénoncé ? Peut-être un autre paysan torturé comme lui.

Ker ! Krrrrr ! crrrrrrr ! Ker ! Krrrrrrrrrrrrr ! disait le Docteur.

Il voulait dire : Avoue[1] !

Mais il aurait fallu un *Ker* plus guttural.

1. *Ker :* impératif du verbe avouer en arabe.

Le Docteur ne pouvait ni appuyer le K, ni même rouler le *r*, à la manière arabe. C'était pourtant dans cette langue qu'il prétendait faire parler le fellah, pour montrer qu'il était un Pied-Noir averti, connaissant le jargon du peuple.
Ker ! Ker ! Ker !
Le fellah aux abois ne savait que répondre. Il suffoquait, se débattait, et ne comprenait pas, ne pouvait pas comprendre. En désespoir de cause, il se mit à crier, lui aussi, comme le Docteur :
Ker ! Ker ! Krrrrrrrr ! Ker !
C'était donc si facile ! On ne lui demandait qu'une onomatopée, le cri d'une grenouille ! Oui, M'sieu. Ker ! Krrrrrrrrrr !
Et l'interrogatoire se termina encore une fois par la douche collective sous le tuyau des inspecteurs, car nous avions suivi toute la séance, et, en proie au fou rire, nous répétions en chœur : Ker ! Ker ! Ker ! Krrrrrrrrrrrr !

Jamais je n'ai tant ri. Nous étions une vingtaine dans la même chambrée. Notre prévôt, un assassin condamné à vingt ans, faisait la loi. Les gardiens se servaient de lui, de sa force peu commune, de son mépris des politiques, et surtout du fait qu'il était libérable, puisqu'il avait déjà purgé sa peine à Lambèse, mais tout juste avait-il eu le temps d'aller à pied au marché de Sétif que l'émeute l'avait précipité dans le cortège. Il avait entendu les premiers coups de feu, s'était mis à crier lui aussi à la guerre sainte, avait récupéré l'arme d'un civil européen qui râlait à ses pieds, était allé se joindre aux groupes de pillards qui couraient comme des fous dans tous les sens, les uns vers les boutiques du centre et le marché, les autres vers les villas de la périphérie. Les soldats l'avaient arrêté, au hasard d'une patrouille, avec deux acolytes qui étaient devenus ses lieutenants et ses sbires, depuis que l'unique salle submergée par les politiques donnait des inquiétudes aux inspecteurs chargés d'expédier l'interrogatoire et de placer le plus grand nombre au polygone d'artillerie, ce qui, en bon jargon, voulait dire qu'on allait « à la caserne ». On augurait le pire. Peut-être était-ce un simple poteau d'exécution.

Parmi les politiques, l'un des plus remarquables était un bureaucrate de l'espèce religieuse, il passait tout son temps à égrener un chapelet, l'index levé au ciel, et même l'orteil en mouvement : il avait cette manie. Une nuit, nous étions entassés les uns sur les autres, perdant et retrouvant un sommeil chaotique, lorsque nous réveilla la voix nasale du prévôt. Il gueulait, en distribuant des coups sonores dans la masse des hommes. Les gardiens, alertés par les cris, vinrent nous arroser avec un tuyau. Ce bain glacé rétablit l'ordre.

Que s'était-il passé ? Le hasard, la promiscuité, avaient mis en contact l'orteil incorrigible de l'homme au chapelet avec l'inaccessible et sacro-saint anus du prévôt assassin ; l'être le plus tranquille et le plus pieux de la prison venait de se livrer à la pire agression, ou la plus téméraire.

— Vous êtes témoins que le sang va couler !
— Donne-lui !
— Tu vois pas que c'est toi que je frappe ?
— Mes frères, je vous en prie !
— On va bien voir où sont les hommes.
— Y a trop de monde, on peut même pas se battre.
— Tu as de la chance qu'on est en prison.
— Attention, le tuyau !

LE POLYGONE ÉTOILÉ

Tapage Nocturne était partout, dans tous les groupes, toutes les cellules. Il arborait comme des étoiles ses tatouages en couleurs. Ahmed la Relègue, son rival en prison, l'avait suivi fidèlement dans la vie clandestine, et ils avaient été arrêtés tous les deux, après l'un des inévitables duels qu'ils se livraient, sans félonie ni faiblesse, et dont ils tenaient une comptabilité parfaite. Visage de Prison, pour aller pisser, se faisait porter dans une couverture par quatre hommes choisis parmi les plus coriaces. Il voulut de la musique, et il en eut. Une mandoline, fabriquée avec une boîte en fer, un manche à balai, et des fils métalliques, fut empoignée tour à tour par une demi-douzaine d'artistes dont le meilleur reçut une correction en guise de prime.

— Ce que c'est que d'être une vedette...
— Eh oui, ça fait des jaloux.
— Vas-y, chante !
— *J'étais au Mansoura*
Voir les Arabes jouer à la koura[1]
C'était un jeu très barbare
On se cassait la jambe, mais c'était rare !

Le séjour fut interrompu par l'arrivée du camion plein de Sénégalais qui le hissèrent près d'eux, et les deux inspecteurs montèrent dans la cabine. L'un des soldats tendit à Mustapha un quart d'eau tiède. Il dut boire à genoux, à cause des menottes, avec une grimace qui pouvait être aussi une façon de se reconnaître en

1. *Koura*, en arabe, signifie balle ou ballon.

cet aveuglement, entre fils du soleil encore séparés, poussés à la discorde ; ils n'avaient eu pour lui qu'un unique regard, furtif, et qui en disait long, désignant la cabine, les inspecteurs qui s'endormaient sans aucune inquiétude, comme s'ils conduisaient des moutons blancs et noirs ; ce que sachant, de toutes leurs dents blanches, et de leurs larges lèvres éclatantes, répondant illico par la même grimace, les soldats, tour à tour, vidèrent leurs bidons ; ils croquèrent des pommes puis se passèrent la cigarette, militairement, réservant aux prisonniers les dernières bouffées, les plus longues, les plus appréciées de tous ceux qui, par quelque école qu'ils soient passés, studieux ou cancres, ne retiennent en définitive qu'un certain rite de têtes brûlées, en ce mutisme surpeuplé de fourgon cellulaire ou de galère ensoleillée ; il descendit derrière le sergent ; sur toute la surface incommensurable du camp, des paquets d'hommes faisaient cercle autour de grands chaudrons ; ils ingurgitaient chacun à son tour le contenu d'une même boîte en fer-blanc ébréchée, puis recevaient le morceau de pain que leur jetait un autre sergent, en nage et vociférant. Le lieutenant désigna un piquet planté au fond du camp, portant le numéro 56, et entouré de hardes ; Mustapha s'écroula aussitôt l'officier parti, et, sa veste sous le crâne, sombra dans un sommeil de plus en plus lourd, entrecoupé de sursauts nocturnes, qui se prolongea le lendemain, et, de jour en jour, lui laissait à peine le réflexe de bondir aux heures de la soupe, avec les retardataires, pour se rallonger indéfiniment à sa place, devant le piquet indiquant le chiffre et l'emplacement de son groupe, les noms et les visages d'un autre temps, ce paccage irréel, reptation d'herbes folles, la vague humaine repliée en ordre dispersé comme pour rentrer sous terre, comme si quelque comité d'ancêtres oubliés, en un désastre immémorial, s'était chargé de susciter, sur chaque génération, bien avant les Français et les Beni Hilal[1], le fléau des conquêtes, le joug du fondateur imposé tour à tour et simultanément, à toutes les races fougueuses qui avaient fait la ruine et l'orgueil du pays, pour leur apprendre, comme des bœufs, à ne plus relever les cornes, à faire front, corps et âme, avec la fleur de sang et de poussière, à l'heure de moisson, lorsque paraissent les oriflammes rouges de la récolte, coquelicots debout buvant le feu du ciel, buvant l'orage et la rosée, dressés à tous les vents, la tête renversée, buvant, buvant encore, froissés dans l'herbe conspiratrice, devant le viol solaire et délirant.

Apparemment, il ne se passait rien. C'était au temps des élections et des congrès. Les journaux ne parlaient pas trop des *fonctionnaires abattus dans l'exercice de leurs fonctions*, et les bandits d'honneur devenaient forcément des assassins à gages, relégués avec les *Mohamed ben Mohamed* condamnés pour meurtres. Déjà en ce temps-là, comme on le vérifia plus tard en Tunisie, puis au Maroc, on aurait pu placer un pistolet dans n'importe laquelle de ces mains oisives et tendues.

Les volontaires ne manquaient pas, en ne comptant que l'une des réserves, ce million de déportés d'un genre à part, sous les tentes, les baraques, les blocs, ayant en vue les deux armées, l'une secrète, qui leur rendait à peine visite, l'autre partout visible, avec son

---

1. Beni Hilal, fils de la Lune, tribu arabe réputée pour sa turbulance, déportée en Egypte, au Xe siècle, envoyée au Maghreb contre la dynastie des Ibn Badis. Après un raid sur Gabès, Ibn Badis fut renversé, mais les Fils de la Lune, dispersés en Afrique du Nord, renforcèrent encore la résistance aux invasions.

attirail, sûre, en ayant montré ses forces, de les avoir immunisés contre la contagion du sacrifice, eux qui n'avaient jamais été si fiers de leur nombre impuni, étonnés d'avoir pu jadis subir tant de défaites, pour voir soudain le sol fumant s'ouvrir à la puissance de l'organisation qui leur semblait tombée du ciel, et la guerre n'était pas déclarée, s'était livrée presque sans armes, sans soldats, sans plans ni cartes, sans provisions, sans chef, les yeux fermés, en fourmilière inattaquable, de labyrinthe en labyrinthe, jusqu'à l'apparition des cortèges de décembre, triomphants, en plein jour. Ce n'était pas fini. Les coups les plus perfides allaient encore pleuvoir, et la rage fratricide n'était pas épuisée, mais le plus grand danger n'était pas là.

La vieille tyrannie reprenait pied, superbe, sous le costume national, sautillant sans vergogne de son marché de dupe à l'abus de pouvoir. Le roi, le président, le colonel, et le pétrole aidant, tout un empire était à l'œuvre, appuyé sur le général providentiel de l'autre camp. Et même à l'intérieur de l'organisation veillaient de pieux serpents qui attendaient leur pot au lait et l'attendraient longtemps, dans un anonymat de fausse modestie tendue vers le pouvoir, sous couleur de se refuser à tout culte personnel, et pour cause : il y avait trop de candidats. Déjà, parmi les militants de toute première heure, un dictateur avait jeté le masque. On l'avait adoré, on l'adorait encore, et voici qu'il s'éliminait de lui-même, vieillard terrible, Raspoutine englouti dans l'encensoir en crue de ses génuflexions. Qui lui succéderait ? Question brûlante, à ne jamais poser, débattue en silence et par des virtuoses, dans les coins sombres, à coups de reptations de plus en plus modestes, de formules introuvables, empruntées à Mao Tsétoung.

Mais la marche de l'histoire, si elle dévorait les nouvelles énergies, semblait curieusement épargner les leaders. On n'en finissait pas avec les crimes de Raspoutine. Il avait torpillé l'ancien parti du peuple. Devant l'infiltration de ses agents, puis la ruée de ses tueurs, noyant et menaçant tout ce qui restait d'éléments solides, il avait fallu changer de navire en pleine tempête.

La terre avait tremblé, la salve d'Orléansville, dans l'attente infernale, venait comme un appel irrésistible des profondeurs, un grand cri d'outre-tombe, après tant de signaux dont les agents de l'ennemi étaient encore les seuls à faire leur profit, et tous nous l'espérions : la Tunisie, le Maroc ne pourraient pas rentrer dans l'ordre avant la troisième explosion, au cœur même du volcan.

Mais nous ignorions l'essentiel. Nous ne pouvions savoir que la poussière des Numides, le Maghreb décadent des contes orientalistes, nous réservait un autre oracle, mieux qu'une révolution préparée à l'avance, venue d'en haut — une pure création du peuple inculte et délaissé, des militants exclus ou ne comptant pour rien dans la voie hiérarchique, en marge des partis, des chefs et des gardiens de la doctrine, comme un rêve d'enfant, péremptoire, incommunicable, ni parole ni acte, plongeon dans l'inconnu de la matière active qui prend forme avec lui, pour lui, et pour lui seul, fiction réalisée, Atlantide sortie d'un désert utopique, riche manteau tombé du ciel sur les épaules d'un orphelin, Sahara déployant sa soudaine opulence à la face jalouse des négriers qui avaient tout manigancé, tout arrangé, servitude et famine, mort lente et déshonneur, pour découvrir enfin leur pomme de discorde, apparition presque insultante du coin de sable transfiguré, de cette nouvelle ruée s'éveillaient les vieux génies laissés pour morts de la terre sans nom, pas seulement une nation, ni deux, ni quatre, ni un gisement pétrolifère ni une nappe de gaz, mais un immense continent, l'Afrique entière se libérant, du Nord au Sud, faisant de l'Algérie son tremplin, son foyer, son principe, son étoile du Maghreb, pour traverser la nuit sans attendre l'aurore, et retrouver la caravane à chaque jalon de son épreuve, à ses puits ensablés, ses cimetières en déroute, ses coups de feu toujours comptés, comme des gouttes de pluie, pour déboucher en plein combat, entre le génocide et la négociation, sur le trésor maudit, l'or noir, le mal du siècle. C'était là qu'il fallait fermer les yeux sous le mirage, refuser les promesses, rompre avec l'illusion des réformes tardives, mettre le feu aux poudres, et c'était, justement, ce que faisaient les fondateurs, ce qu'ils n'avaient cessé de faire, même à l'insu de tous et leur force était là, terrifiante, invincible. Rien n'était oublié. Les victimes, d'elles-mêmes, avaient rouvert leurs tombes et leurs plaies. Les trente explosions n'avaient plus rien à voir avec les mois sacrés des préfets-missionnaires, la Toussaint devenait vraiment la fête des morts, le sang des innocents jaillissait bien plus haut que les serments trahis, les chartes inefficaces, la civilisation exportée à bas prix, comme une denrée pourrie, tout juste bonne pour les pauvres.

Jamais on n'attendait le retour des Beni Hilal. Toujours ils revenaient bouleverser les stèles, et emporter les morts, jaloux de leur mystère, inconnus et méconnaissables, rejetons préconçus d'une maternité trop douloureuse pour les absoudre, les suivre en leurs tâtonnements avides, leurs luttes intestines, leurs pérégrinations, et qui les dévorait l'un après l'autre démocratiquement, en un ressentiment tragi-comique d'amours interrompues, de mâles taillés en pièces, d'enfantements sans halte, sans aide, sans secours, de fureur vide, mortifiante, comme un suicide recommencé, ne voulant plus connaître, toute espérance prohibée, que les extrêmes visions de mêlées sans merci, dans l'obnubilation, la solitude, et leur pensive tribulation de peuplade égarée, mais qui toujours se regroupait autour du bagne passionnel qu'ils appelaient Islam, Nation, front ou Révolution, comme si aucun mot n'avait assez de sel, et ils erraient, souffle coupé cherchant la lune, l'eau ou le vent, vers les accords de grottes communicantes, le comité exécutif, dédoublé avec son destin de manchot intrépide, ses énergies de dernière chance, sur les chemins embroussaillés de la forme encore titubante, même pas prolétarienne, à peine consciente, et qui leur revenait désolée, souillée, jamais assez brimée, comme pour leur demander le coup de grâce, ou le retour en force et l'oubli des défaites, et comme pour les submerger de puissantes caresses, leur prodiguer la gifle ou le sein maternel, et leur remémorer les exploits légendaires, car elle seule pouvait les faire vivre, leur parler, murmure de brasier faisant peau neuve sous le rapide orage d'été, chants d'aurore destinés aux frères d'insomnie, moqueuse protection de la portée d'oursons que berceraient bientôt des sons d'absurde hostilité sous un nouveau feuillage interdit et blessant, eux, les fous du désert, de la mer, et de la forêt ! Ils ne manqueraient pas d'espace à conquérir, et il faudrait tout exhumer, tout reconstituer, écarter l'hypothèque de ce terrain douteux qui avait attiré soldats et sauterelles, dont le propriétaire avait été tué, dépossédé, mis en prison, et sans doute avait émigré, laissant aux successeurs un vieil acte illisible n'indiquant plus qu'un polygone hérissé de charbons, apparemment inculte et presque inhabité, immense, inaccessible et sans autre limite que les étoiles, les barbelés, la terre nue, et le ciel sur les reins, en souvenir de la fraction rebelle, irréductible en ses replis, et jusqu'à sa racine : la rude humanité prométhéenne, vierge après chaque viol, qui ne devait rien à personne ; Atlas lui-même avait ici déposé son fardeau et constaté que l'univers pouvait fort bien tenir autrement que sur ses épaules.

Jamais on n'attendait le retour des Beni Hilal. Ils revenaient toujours bouleverser les stèles et emporter leurs morts, jaloux de leur mystère, inconnus et méconnaissables, parmi les fondateurs.

Autrefois, ils avaient adoré la pierre noire. A présent leur idole avait quitté le sanctuaire, déchiré le rideau et dispersé les prêtres. Depuis qu'elle voyageait au grand air, son visage obscur avait rougi, elle avait bu le sang, la poussière des champs de bataille, et ils ne pouvaient plus l'isoler dans un temple : « Allons-nous l'enterrer vivante ? Faut-il la sacrifier, ou bien la laisser vivre ? Elle parle, et nous marchons, elle doit pouvoir nous suivre, n'en doutez plus, puisque c'est elle qui nous pousse à la marche. Ne doutez plus ! La voici arrivée à la hauteur de sa légende, après d'absurdes persécutions, la voici libre et pourtant, on l'avait crue morte car nous l'avions perdue dans la guerre, perdue, reconquise, et rien ne la menace autant que la fougue de ses propres guerriers ; c'est que nous l'aimions trop, et qu'en amour, nous sommes féroces... »

Elle pouvait aussi garder l'anonymat, rentrer dans l'ombre comme Osiris au fond de son tombeau, le temps d'un renouveau et d'un autre avatar ; elle était née là et ailleurs ; combien de peuples avaient laissé, dans le sang noir et la terre rouge le signe et le regret de leur enfance turbulente, sans savoir quelle beauté, rose de sable, fleur de poussière, avait gardé la forme de leur dernier souffle, allait grandir loin d'eux, sans eux, contre eux, pour rejeter un jour le voile de la pudeur et s'offrir au dernier d'entre eux, qui la ramènerait enfin à sa famille, dans un linceul ou dans un palanquin, libre ou morte, arrachée à la réclusion, à la profanation, à l'esclavage : n'avait-on pas toujours douté de sa venue au monde ? Avait-elle vécu ? Depuis qu'elle prenait connaissance d'un destin trop riche, trop chargé, elle avait l'air de balbutier au terme d'une crise d'amnésie et de déranger ses voisins — enfants sages ou vieillards résignés — qui la traitaient encore comme si son existence n'avait été qu'un vide, un trou, comme s'il ne suffisait pas de la voir se lever, aux cinq parties du monde, comme une étoile de sang noir.

Infestés en son absence	Heureux présage que son éloignement !
Nous avons pratiqué l'escrime	En d'autres temps

Et renoncé à la rivalité   Elle eût pâli
Puisque ayant échoué
Médusés   A la belle étoile
Versés dans les antres   Rapprochons-nous
D'un port qui nous distrait dangereusement

    Salut porte fermée
    Couverture d'un autre livre
    Abattue sur nous
    Les pages du livre déchiré
    Nedjma Nedjma ouvre ta porte ou ta fenêtre
    Ou trotte seulement dans ton couloir
    Ou parle ou crie ou chante ou pleure
    Jette sur nous le mensonge dû aux fidèles
    Ou le seau d'eau sur la tête des fous
    Envoie-nous ton chien ou ton chat
    Ou l'une des mouches de ta maison
    Secoue sur nous ton vieux tapis
    Je ne puis supporter cette solitude !

O noble hypocrisie
Prétérition d'Andalous
                      Et composant tous deux
                  Le même poème, taciturnes
Devant le même séjour désenchanté
                              Avec des ouf
                              Bon
                              Ah
                              Eh oui
                              C'est la vie
                              Hein
                              Hum
                              Oh
                              Ouf
                              C'est comme ça

LE POLYGONE ÉTOILÉ

Une seule femme nous occupe
Et son absence nous réunit
Et sa présence nous divise

Fourbus, fiévreux, mal rasés, ils arpentaient la ville, passaient et repassaient devant la porte et les fenêtres, passaient et repassaient, tous les jours, tous les jours, tous les jours.

« Même en nous séparant à la sortie du village, nous avions tous les deux dans l'idée ce pèlerinage calamiteux, mais nous avions besoin d'une pause dos à dos comme des boxeurs, nous ne supportions plus le corps à corps, accrochés, prêts aux coups bas et aux coups de tête, alors Rachid a mis fin à ce match amical, tel un arbitre écœuré, il a dit, nous laissant le champ libre : Je vais à Constantine. Et moi j'ai agi comme un fils de putain en répliquant à Rachid : Je t'accompagne jusqu'à Bône. Oui, je voulais déjà devancer Mustapha, tout en ayant l'air de baisser la garde, mais en prononçant le mot *Bône*, le lieu de championnat, je l'avais provoqué, rejeté dans les cordes, sachant qu'il reviendrait à la charge, qu'il attendait la fin du round pour savoir s'il avait bien encaissé, me laissait prendre l'avantage et feignait l'abandon, m'embrassait, me regardait partir le poing levé dans les talons de l'arbitre — notre public grouillant au fond de nous, dans une rumeur lointaine de tribune décontenancée — sans douter de la remontée prochaine sur le ring. » Et voici qu'ils se retrouvaient dans l'odeur de jasmin, devant le citronnier chargé de fruits à l'abandon, les volets clos, décolorés.

Venait-elle dans cette chambre ?
Elle venait.
Amante disputée
Musicienne consolatrice
Coiffée au terme de son sillage
Du casque intimidant de la déesse guerrière
Elle fut la femme voilée de la terrasse
L'inconnue de la clinique
La libertine ramenée au Nadhor
La fausse barmaid au milieu des Pieds-Noirs
L'introuvable amnésique de l'île des lotophages
Et la Mauresque mise aux enchères
A coups de feu
En un rapide et turbulent
Et diabolique palabre algéro-corse
Et la fleur de poussière dans l'ombre du fondouk
Enfin la femme sauvage sacrifiant son fils unique
Et le regardant jouer du couteau
Sauvage ?
Oui
Sa noirceur native avait réapparu
Visage dur lisse et coupant
Nous n'étions plus assez virils pour elle
Sombre muette poussiéreuse
La lèvre blême et la paupière enflée
L'œil à peine entrouvert et le regard perdu
Sous l'épaisse flamme fauve rejetée sur son dos
Le pantalon trop large et roulé aux chevilles
Et le Colt sous le sein
Avec la paperasse et la galette brûlée

LE POLYGONE ÉTOILÉ

A nos yeux s'enlaidissant par principe
Roulée dans le refus de ses couleurs
Elle était le mouchoir piquant de l'ancêtre
Nous accueillait tombés de haut
Comme des poux en manœuvres
Plus son parfum de plèbe en fleur nous fit violence
Par son mélange dépaysés
Plus elle nous menaça
Du fond de sa transhumance meurtrie
Cueillie ou respirée
Elle vidait sur nous
Son cœur de rose noire inhabitée
Et nous étions cloués à son orgueil candide
Tandis qu'elle s'envolait pétale par pétale
Neige flétrie et volcanique
Cendre modeste accumulant l'outrage
Exposée de soi-même à toutes les rechutes
Dilapidée aux quatre vents

Rarement, avec un soupir, elle retrouvait le collier d'ambre qu'elle mordait plutôt ou triturait, pensive, et brandissant le luth fêlé de son ultime admirateur, Visage de Prison, qui prononçait son nom de cellule en cellule, sans parler de Mourad et sans parler du bagne, sans parler de l'aveugle, un nommé Mustapha, que poursuivait son ombre en une autre prison, lui qui avait pourtant franchi les portes, mais il ne savait pas qu'il était libéré.

Nous n'étions plus alors que sa portée
Remise en place à coups de dents
Avec une hargne distraite et quasi maternelle

Elle savait bien
Elle
A chaque apparition du Croissant
Ce que c'est de porter en secret sa blessure
Elle savait bien
Elle
En ses seins pleins de remous
Ce qu'était notre fringale

Pouvait-elle
Sillon déjà tracé
Ne pas pleurer à fleur de peau
La saison des semailles ?
Même à sa déchirure de rocaille
Pouvait-elle ignorer comment se perdent les torrents
Chassés des sources de l'enfance
Prisonniers de leur dangereuse surabondante origine
Sans amours ni travaux ?

 Fontaine de sang, de lait, de larmes, elle savait d'instinct, elle, comment ils étaient nés, comment ils étaient tombés sur la terre, et comment ils retomberaient, venus à la brutale conscience, sans parachute, éclatés comme des bombes, brûlés l'un contre l'autre, refroidis dans la cendre du bûcher natal, sans flamme ni chaleur, expatriés.

 La chambre est presque vide. On y entend chanter et battre la mesure, boxer et discourir. Aucune espèce de literie. Pas de linge. Une seule casserole a survécu. Le poste de T.S.F. est enfoui sous un tas de livres, mais il fonctionne, à coups de poing. Une lampe à alcool semble noyée au fond du lavabo. C'est pour la protéger.

Ainsi la flamme s'élève en dépit des tempêtes, car la vitre est brisée. On entre par la fenêtre. Pourtant la porte ne ferme pas et la table de Mourad est couverte d'empreintes boueuses qui en disent long sur les acrobaties des visiteurs.

— Tu te souviens de cette soirée, avec les cinq mille francs ?...
— Tu étais ivre, dit Rachid.
— Lakhdar aussi, et Mustapha aussi. Et Nedjma est venue. Elle avait une photo de soldat dans son sac. Elle a tout fait pour que Lakhdar la voie. Et Lakhdar l'a brûlée. Et plus jamais il n'a remis les pieds dans la villa... Ce soldat, c'était Marc.
— Il connaissait Nedjma ?
— Sans la connaître.
— Il habitait la même ville ?
— Oui.
— Dans le même quartier ?
— Non. Même pas un voisin, mais beaucoup plus.
— Eh bien, parle ! Un amant ?
— Un Corse taciturne, sans frère ni sœur. Sa mère paraissait jeune. On la trouvait fort belle, pleine de feu. Elle ne se montrait qu'à son bras, le dimanche, légèrement plus petite. Ils auraient pu former un couple et firent un peu scandale quand on apprit qu'ils vivaient seuls. Mais le père était bien vivant. On ne le voyait guère. Personnage tabou, il couchait dans son bar. Le Bourreau, disait-on. Sa femme allait parfois le voir. Mais le fils n'entrait pas. Il attendait devant la porte.
— Il n'aimait pas son père ?
— Il ne m'en parlait pas.
— Tu le voyais souvent ?
— Tous les jours, au lycée. C'était le seul Européen de notre équipe de football. Les autres l'injuriaient.

Nous-mêmes, sans le vouloir, nous ne pouvions manquer de le blesser. On l'appelait, pour rire, *le Français malgré lui,* en faisant allusion à la vente sans gloire de l'île de Beauté. Mais lui ne riait pas. Il se battait. Il m'arrivait de prendre son parti. On nous croyait amis...

— Il s'attachait à toi ?

— J'attendais tous les jours Nedjma à la sortie, et je savais qu'il attendait aussi. Nous marchions tous les trois, un moment. Et Marc ne disait rien. Mais Nedjma rougissait, et je savais pourquoi. Enfin, sur l'avenue, il nous quittait. Sans avoir à me retourner, je savais que ses yeux restaient fixés sur elle.

— Et tu le laissais faire ?

— Je connaissais Nedjma.

On connaissait Nedjma sans la connaître, depuis que lycéenne elle avait échappé à plus d'un clan, plus d'une caste qui eût voulu en faire sa jument, lui confier les couleurs de telle noblesse de sang, telle vertu de famille, pour l'opposer à telle ou telle réputation, telle jeune fille qui passait pour la plus belle ou la plus fine, et la brandir enfin comme un défi à la race supérieure, laquelle ricanait et répondait toujours par les mêmes arguments : « *Bien sûr, un phénomène, le produit d'on ne sait quels mélanges, et pas bête du tout, une musulmane pas comme les autres, l'exception qui confirme la règle* », disaient avec dépit les oies blanches du lycée. Les autres ne l'avaient jamais vue que passer dans la rue, ses livres à la main, à petits pas rapides et comme immunisée contre les sifflements des serpents de toutes sortes dressés à son passage. Elle n'avait apparemment pour toute parenté qu'une vieille bigote étrangère à la ville, un cousin fréquentant le même lycée qu'elle, et comme son époux ne se manifesta que le temps d'un divorce tacite et prolongé, le sentiment public était à son égard éternellement divisé, en séducteurs déçus, en soupirants de fraîche date, en spectateurs perplexes, en farouches détracteurs, en sectes contradictoires augmentant son mystère, son prestige, son culte. Par pure prémonition, on sentait bien à son approche qu'elle marchait sur un terrain miné, entre deux camps hostiles, semant toujours le trouble et la provocation, perdue, semblait-il, en un rêve mutin, évoluant au sein d'un élément insoupçonné, à peine consciente des plongeons qui lui ménageaient dans la foule un sillage murmurant. Attifée de certaine façon, elle pouvait éclipser la plus fringante des Parisiennes. De pieuses femmes la rencontraient en robe courte et talons hauts, et les attaques, cette fois, venaient de l'autre bord : « *Après tout, nous n'avons pas connu son père, ni sa mère, cette bâtarde.* » Mais les mégères émerveillées pouvaient aussi la voir au sortir du bain maure, fraîche et brûlante sous un voile blanc troussé à l'algéroise, ou clair et chaud, largement ouvert, à la tunisienne, ou d'un noir implacable, comme on le porte à Bône, Constantine ou Sétif, ou bleu foncé, à la maghrébine, qu'elle arborait souvent à visage découvert (d'autres fois se masquant d'un transparent triangle) et qui s'attachait à ses formes, signalant sa démarche, son moindre mouvement, par un frisson de soie, apparition inespérée des *Mille et Une Nuits*. Sa seule présence, en de pareils moments, niant le siècle colonial, ressuscitait les vieilles murailles dont il ne restait plus qu'une mosquée sur la mer.

— Et tu ne disais rien ?
— Plus d'une fois, j'ai failli lui tomber dessus, sans avertissement. Tu te rends compte ! Un Européen ! Avec leurs manières de s'introduire tambour battant dans l'intimité des femmes. La surveiller ? Rien de plus humiliant. Il avait le champ libre. Déjà, elle me pesait comme un double boulet, car je l'aimais, tout en étant pour elle un cousin et un frère, selon nos traditions. Je me disais : « Il l'aime, il l'aime tant qu'il ne soupçonne pas ma jalousie, ou alors il s'en moque. » Alors, je voyais rouge. Mais ce n'était pas de la haine. Et tout se compliquait d'une évidente complicité entre lui et moi. Lui en tant que Corse. Moi en tant que barbare. Car il était trop corse, trop fier pour oser dire, même avec tous les détours : « J'en veux à ta future, et nous allons lui demander qui elle préfère. Ou alors c'était le défi, la violence pure et simple. On ne franchit pas la pénombre où se morfondent, chauffées à blanc, nos vierges en attente, comme des armes toujours chargées. Les Corses, les gitans, les Siciliens, les gens du Sud en général, sont comme des oiseaux de nuit et ils nourrissent les mêmes superstitions, figés depuis l'enfance en une contemplation farouche à travers les deux trous d'un vieux masque fatal, la femme, la mort, le rouge et le noir, l'amour et le deuil entrant par la même porte, souvent en même temps et du même pas. Ni lui ni moi ne l'ignorions. *Notre amitié n'était qu'une rencontre de chasseurs désappointés, un silence orageux devant la proie toute proche, d'autant plus proche pour lui qu'il était le nouveau venu.* Le repousser ? Mais il n'attaquait pas. Simplement, il était là.
— Et tu le laissais faire ?
— Non, je ne luttais plus pour moi, pour la repren-

dre, mais uniquement pour elle, par attachement à son destin, car nous avions grandi ensemble, et la seule Nedjma que je voulais garder était celle de l'enfance. Mais je perdis tout à la fois. Je n'avais plus l'initiative. En tolérant une intrusion, j'avais sapé moi-même le rempart que je voulais être. Je ne saurais dire à présent combien dura cette période où elle m'échappa. Je fus conscient de ma défaite, bien avant l'heure de l'explication. Tout me fut révélé par les absences de Marc. La dernière s'était prolongée. Nedjma me tourmentait, et je l'avais surprise pleurant. Elle avait négligé de refermer sa porte, chose nouvelle, car maintes fois j'avais tenté d'entrer en vain. Pour la première fois, je fus frappé par les volets fermés depuis longtemps. J'eus l'impression d'être introduit au fond d'un mausolée. Elle avait dû pendant les longues nuits brûler des cierges pour conduire son propre interrogatoire. J'étais sans illusion quant à l'issue. Il ne me restait plus qu'à prolonger le débat, à reculer une échéance. « Tu l'aimes ? » Pas de réponse. Naturellement, c'en était une. Et je l'ai rudoyée. Ainsi qu'un policier flairant le crime là où gît la souffrance, j'ai découvert immédiatement tout un paquet de lettres et de photos. Des lettres désespérantes. Il se plaignait d'être éconduit à cause de sa race, ou de sa religion. Après ça, des prières (il avait dû se passer quoi ? Je n'en sais rien), comme si elle avait cédé sur un point (lequel ?), ce qui l'encourageait à employer un ton, des mots plus graves (la confiance, disait-il) ; ensuite, il proposait un mariage civil. Je me souviens surtout de cette phrase : « Nous resterons toujours en Algérie, car je ne puis imaginer ailleurs un vrai foyer. » Mais tout ceci ne me suffisait pas. Et j'ai continué à la harceler : « Tu l'aimes ? Tu l'aimes ? Tu l'aimes. Avoue. »

— Et alors ?
— Elle n'a pas répondu. Mais quelques jours plus tard, elle était mariée.
— Avec un autre, évidemment.
— Avec un autre, comme tu dis.
— Et ensuite ?
— Ensuite, elle disparut.
— Encore avec un autre ?
— Avec un autre, comme tu dis.
— Cet autre, c'était moi. Ecoute. Je connaissais son père. Tu l'as connu aussi. Souviens-toi : Si Mokhtar, ce vieil homme comme on n'en voit plus qui aurait pu, sans doute, être ton bisaïeul et qui passait son temps avec les étudiants. Sais-tu ce qu'il cherchait, dans ta jeunesse ou dans la mienne ? Une ombre de sa fille. Car Nedjma l'ignorait. Elle ne savait pas que son père était là, parmi ses soupirants, sans pouvoir l'approcher, au point qu'il l'appela, un jour, dans son chagrin : Fleur de Poussière. Oui, son vieux père suffoquant de n'avoir pas le droit de l'appeler « ma fille », cette fleur solitaire, lointaine, irrespirable, rose noire échappée à toutes les tutelles, cette sombre orpheline qu'on s'arrachait toujours comme une arme secrète et dont nul n'était sûr, jamais, d'être le maître... La jalousie d'un père, et d'un père inconnu, imagine cela. Il avait eu Nedjma d'une ancienne liaison avec une Française, disparue sans laisser de trace. Et quand, vingt ans plus tard, il apprit que Nedjma, sa fille illégitime, adoptée entre-temps par je ne sais quelle mégère — pardon, c'était ta tante, oui la sœur de ton père — quand il sut que Nedjma, la candide Nedjma, Nedjma la conquérante, avait été victime d'un mariage forcé, il voulut l'enlever, ou plutôt il me proposa, car il savait que je l'aimais...

— Donc il te proposa ?...
— De l'enlever avec mon aide.
— Avec ton aide ?...
— Mais pas à mon profit. Bien que mes sentiments lui fussent apparus, que je me fusse trahi plus d'une fois en sa présence, il ne pouvait savoir si Nedjma partageait cet amour malheureux, ou si son cœur appartenait...
— A un autre.

Et les protagonistes se trouvaient autour d'elle, à l'heure exacte du rendez-vous. A l'une des tables, jouant aux cartes, les assassins du père de Marc. Au bar et dans la salle, tueurs et tortionnaires. Enfin, et buvant sec, debout devant la porte ouverte, Visage de Prison, Mauvais Temps et Tapage Nocturne qui s'étaient introduits au bar louche où elle travaillait sur l'ordre de Hassan, tandis que Marguerite transportait des armes ou soignait des blessés. Marc était au comptoir, mais de l'autre côté, face aux trois hommes qui avaient l'air de parfaits jouisseurs parlant tous les jargons de l'Algérie française. Mais Marc devait savoir pourquoi ils étaient là, il suffisait de lire dans son regard : *Oui vous me la refusez comme je vous refuserais ma sœur mais je l'aurai ou bien vous ne la garderez pas vivante, puisque nous sommes nés dans cette atmosphère de vendetta ou de guerre sainte, on verra si je suis un homme algérien autant que vous mais c'est la race vous voulez notre peau et nous on veut la vôtre d'abord c'est nous qu'on a tout fait en Algérie, avant c'était un marécage et nous on a défriché pendant que vous faisiez la sieste au soleil alors on vous a fait marcher à la trique bon c'est tout et puis tout ça c'était du temps de mon père.*

Son père, ou son bisaïeul. Il eut les terres pour rien, ou presque, et il distribua des bonbons aux enfants et il invita les paysans expropriés à prendre le café avec lui le demi-dieu, leur proposant de s'associer à lui pour les attelages, à ceux qui n'ont qu'un bœuf, il avancera le sien, il donnera aussi la semence et on partagera. *Mais j'ai vu en passant votre mosquée en ruine vous n'avez pas honte, je m'en vais vous la reconstruire moi, avec l'aide des autorités* — du même coup, il aura les matériaux et la main-d'œuvre gratuite pour sa maison.

En ce temps-là fallait pas trop se poser de questions fallait tenir par force sur cette terre dans ce pays.

Ils s'étaient abordés avec une vélocité de corsaires prêts à régner en maîtres sur la mer de sang, dans l'orgueil de la possession renonçante, car les pirates ne jouiront pas du butin, chasseurs devenus proies, et la gazelle versait pour eux les larmes de sa défaite, dans la grisaille de haine illuminée à l'arrivée tranquille du second groupe, Hassan en tête, qui arrosait la salle à la mitraillette.

Il ne fallait surtout pas s'arrêter. C'était clair. Chacun avait compris qu'il était temps de déposer son acte, en passant, sur le sentier de la guerre, et la plupart étaient certains qu'ils ne reviendraient pas ; enfin, nul ne savait s'il irait jusqu'au bout.

Il n'était plus question d'attendre. On n'avait que trop attendu. La mort était partout. Elle n'aimait pas revoir toujours les mêmes visages.

Ni paysans ni prolétaires, ils n'étaient même pas les

derniers de la classe ; on leur lisait leurs lettres, on agissait pour eux, on signait de leurs noms, comme s'ils n'existaient pas ; syndicats et partis ne faisaient que brasser une masse fuyante, inoccupée, troupeau tondu et revendu à toutes les foires électorales, marqué pour l'abattoir ; leurs plus récents charniers se perdaient sous des croix chrétiennes qui n'étaient pour ces corps de *soldats indigènes* qu'un hommage à rebours, une autre négation de leur cause douteuse, de leurs muftis et de leurs sectes dévouées à la France, eux qui pourtant s'étaient battus avec la rage du désespoir, sans futile espérance et sans croire à la Charte, sans envoyer de Cassino que leurs allocations de basse catégorie, mais de première ligne, ou de rares messages ne disant jamais rien, car ils n'avaient plus rien à dire, les *Mohamed ben Mohamed* engagés volontaires, ou recrutés sans le savoir, n'ayant pas à choisir entre une mort inutile et le typhus ou la famine... Et quand tout fut fini, revenus des champs de bataille, au son des cloches chrétiennes, pour fêter la victoire du monde civilisé, d'autres charniers les attendaient : hommes et femmes, frères et sœurs, par familles entières, tout un département de leur pays natal qu'eux-mêmes devaient encore conduire à l'abattoir, en guise de récompense. Et quand tout fut fini, jusqu'à ce triomphal et rapide massacre, comme pour tuer dans l'œuf toute promesse d'avenir, ils retrouvèrent les colons, le chômage, la prison, la folie et la haine des races.

Elle ne laissait rien paraître de ce que pouvait être leur intimité ; nous étions toujours rassemblés pour quelque équipée, ou par les soirées en musique, et nous passions toutes nos nuits à peu près blanches, serrés les uns contre les autres, comme une couvée en détresse, pressentant qu'à la prochaine dispersion tous ces voyages résumeraient leur long cours sinueux, chimérique, en un bref récit de naufrage, sans rescapé.

Prêts pour l'exhumation, déjà les vents nous entraînaient hors de nos cendres, brandons difformes et calcinés où survivait pourtant la chaude humidité d'une cerise de sang noir. L'incurable amnésie n'était que ruse d'enfant, c'est aux gazelles qu'appartiennent les délectations de la cruauté, que d'amoureux et que d'amour ! La victime incomprise soupirait après les sacrificateurs qu'en sa candeur elle avait retenus, prisonnière de ses sourires ; ils ne songeaient qu'à se battre pour elle, qui reçut la plupart des coups ; c'était sa honte et son orgueil, cette innocente séduction subitement aggravée, prenant pour elle trop de sens, et l'arrachant à sa fraîcheur, à sa pénombre et à son voile d'épouse mal enlevée, lui donnant à choisir parmi frères et cousins Celui qui déposerait, non plus à ses pieds, mais au plus vif de ses entrailles, la rançon, la dot, l'impôt d'une enfance à revivre de l'autre côté du décor : les renoncements, les alarmes, les deuils de la maternité, puisqu'elle avait déjà cédé, plus d'une fois sans doute, et que le choix s'était fixé au moment même où la haie des sectateurs allait être emportée.

Quand elle parlait, ils ne l'entendaient pas. Les mots tombés de sa bouche rendaient un son de profanation, de sacrilège, perles jetées à des pillards en proie à la discorde ; eux-mêmes, ils appartenaient à ce trésor de femme sauvage. Elle les voyait réunis avec la même ferveur illusoire que des jouets rajeunis, reparus au hasard de son désordre le plus intime, sous une épaisse couche de poussière, ne pouvant plus prendre leur place dans le cercle magique des préférences de l'instant, mais s'étant maintenus à une distance indéfinie, semés le long d'un fil immensément tendu, comme des condamnés se disputant leurs peines, et prompts à la rupture, car ils avaient le don de l'égarer, agents infimes de sa morgue, accumulant sur eux la fine poussière de ses oublis, comme à la suite d'un astre.

Feu ! Rhummel ; déserteur dans ses langes sanglants
Blessé comme son père au fond des gorges
Après un attentat sur le pont de la gare
Riposte dérisoire ayant atteint Rachid
Par un surcroît de dérision
Car les soldats n'avaient tiré sur rien
Ni sur personne
Exaspérés visant le fleuve à sec
Etranglé dans son lit

Il s'écroula
Du haut de son rocher
A l'entrée de la grotte
Où Si Mokhtar jadis avait conçu Nedjma
Devant le corps encore chaud du père de Rachid

Et Rachid s'écroula
En silence
Comme une feuille morte
Ou comme un gland dans la forêt

Et l'écrivain ne pouvait pas le transporter à l'hôpital, d'où il serait, s'il se rétablissait, expédié implacable à quelque tribunal qui l'enverrait tout droit à la guillotine. Rachid gisant dans un coin du fondouk, presque au balcon, tout près de la volière effarouchée, pesait sur l'écrivain de sa masse déjà morte ; mais le délire ne perdait rien de son intensité, sillon de disque vibrant encore au plus profond de son usure, râles entrecoupés de phrases insensées, peut-être chargées de sens, jusqu'à la défaillance, à la trivialité, ou au pur charabia ; il lui semblait alors entendre (et il voulut l'écrire, mais à quoi bon ? Il n'allait pas surprendre ce pseudo-Rachid qui, même en pleine force, avait souvent désespéré le scribe par sa façon verbeuse de se dérober à tout ce qu'un sujet pouvait avoir de brûlant) le contraire d'un homme, et moins qu'un animal, insignifiante bête de sépulcre, une mouche bruyante sous le pouvoir arachnéen, et consentante, comme pour attirer l'invisible araignée qui surgirait fatalement de son piège soyeux, pour lui donner le coup de grâce, forme effroyable et corrompue de son dernier appel et de son dernier souffle.

L'écrivain s'était mis à bourrer pipe sur pipe, et le fondouk fut envahi par une épaisse fumée, tandis que la volière prenait de la hauteur, pleine de cris suaves, extatiques, et Rachid respira, les yeux fixés dans le vide, sur l'ombre murmurante du vieux fleuve trahi, son berceau et sa tombe.

Fleur de poussière.

Ce furent les seuls mots que l'écrivain nota ce matin-là. Il allait se coucher quand un jeune homme ouvrit la porte et s'arrêta sous la volière, suffoqué.

Bonjour Monsieur. Comment ? Marc. Marc. Entrez. Ah. Oui je sais. Tout ça c'est du passé. Bien sûr. On a versé le sang. Il le fallait. Oui je vous crois. Dommage. Vous arrivez trop tard. Mourad au bagne. Ses amis disparus. Elle aussi. Ensemble ou séparés. Circonstances. Oui je connais l'histoire. Sans la connaître, un peu comme vous. Etranger. Quoi ? Vous voulez les rejoin-

dre. Pourquoi pas ? C'est votre affaire. Naturellement, vous risquez d'être pris pour un autre. C'est la guerre. Une pipe ? Essayez toujours. Dommage. Trop tard. On a tous compris. Trop tôt ou trop tard.

— Tu peux me tutoyer.

Trop tôt et trop tard.
Attention.
Ne le réveille pas.

— Je peux faire venir un médecin.

Je le savais. On se retrouve un beau jour dans le même camp.

Merci pour la piqûre.

Le docteur s'en allait, dans l'ambulance, avec Rachid et une jeune fille en blouse d'infirmière.

— Une clinique privée ?
— Rien à craindre.
— Tu en es sûr ?
— Tu peux téléphoner.

Marc inscrivit le numéro sur le cahier de l'écrivain. Celui-ci, la semaine suivante, le reçut au balcon avec du vin et des brochettes, puis lui dicta rapidement une série d'adresses.

— Tu leur diras qu'il y a peut-être une chance... Non, ne dis rien. Prends cette pipe.
— C'était la sienne ?
— La nôtre. Ils comprendront.

Le basilic, la pipe et la volière ensommeillée; les trois hommes ne se parlent plus, assis sur des bancs pas plus hauts que des briques, sièges qui semblent inviter d'abord à déguerpir, conçus pour des intrus, des juges, des visiteurs inattendus, sous la menace d'une rafle; d'autres bancs sont jetés à tort et à travers dans le désordre inexplicable du fondouk *fermé pour cause de départ:* c'est écrit à la craie sur la porte, pour qui peut lire de l'extérieur ; ils ont un poste de radio ; ils écoutent la musique, en attendant l'heure des informations.

— N'ouvrez pas, dit Hassan d'un mouvement de tête, le pied battant à la cadence du tambourin, avec la même désinvolture et la même vigueur qu'on a frappé trois coups, puis trois encore.

Et encore trois.

Visage de prison présente un verre à l'écrivain qui verse le thé brûlant. Hassan quitte son banc ; sans faire de bruit, il se dirige vers la porte.

— Qui ?
— Moi.

Ils se regardent. Aucun d'eux n'a jamais entendu cette voix.

— Entre.
— Ne bouge pas.

C'est un vieux nègre qui lève aussitôt les deux mains.
— Je viens de la clinique, dit-il sans s'émouvoir.
— Assieds-toi.

Ils boivent dans le même verre. Le nègre souriant tire une pipe de sa poche et la tend à Hassan :

— Tu m'as fouillé comme un diable, mais tu n'as pas vu ça.

— C'est la pipe de Rachid, murmure l'écrivain, sans même l'examiner.

— Rachid ?... Toujours vivant ?
— Je ne sais pas.
— Tu l'as prise sur lui ?
— Non, pas sur lui.

L'écrivain hausse les épaules.

— Tu peux parler. C'est moi qui l'ai remise à celui qui t'envoie.

— Je ne sais pas.

— Il n'a rien dit ?
— Rien.
— Tu n'as pas vu Rachid ?
— Je l'ai vu.
— Mort ?
— Je ne sais pas.
— On peut venir ?
— Non.
Hassan vide le verre, ne demande plus rien.
Le vieux nègre se lève :
— Il n'y a plus personne à la clinique.
Et il s'en va.

Comme un lézard à reculons, rejoint dans son terrier par le serpent glacial des pièges de la vie, happé comme l'insecte qu'il espérait saisir, frustré de son printemps, découvrant le visage ignoble, les vieilles formes de la nature amoureuse de ses monstres, parmi les herbes qui refleurissent.
— On ne meurt pas qu'une fois, disait Keblout, et par chacun de vous, je sais qu'on meurt éternellement, à petit feu, une cellule après l'autre.
La mort vint à Rachid en blouse d'infirmière, dans la même clinique où il avait connu Nedjma ; mais ce n'était plus elle, c'était une Française, une barmaid, celle du Bar de l'Escale ; oui, c'était elle qui le soignait, rieuse, caressante. Bientôt, il lui sembla qu'elle allait l'emmener ailleurs, dans un lieu isolé, une chambre à part, croyait-il. Mais il se retrouva enfoui dans une fosse, et l'infirmière ne rusait plus, elle n'avait plus son rire ensorceleur, ni sa voix musicienne. Quand son regard tombait sur lui, il était dur, cassant, et voulait

dire : Meurs vite ! Elle visitait d'autres victimes, qu'elle
tirait du lit avec les mêmes promesses, pour les abandonner avec la même aisance, la même comédie, les
mêmes soins cruels, comme pour lui désigner leur destin dans la fosse, lui qu'elle avait porté jusque sur sa
poitrine, oui, pour le laisser choir et venger son destin,
le dur destin des femmes... Quand il se réveilla et que
Marc vint le voir et lui montra la pipe, il avait reconstitué son rêve d'un bout à l'autre. Cette infirmière
devait avoir un lien avec Nedjma. Il retourna au bar.
Elle n'y était plus. Et Marc lui proposa la mortelle
promenade jusqu'au Bain des Maudits... Le corps sanglant de Marc, la voiture contre l'arbre, lui à peine
blessé, le retour en clinique, la femme de l'Escale en
blouse d'infirmière, et tout à coup, derrière le vieux
nègre, dans la calèche noire, Nedjma qui sanglotait.

Lakhdar ouvrait la marche, et Mustapha luttait contre sa mère évadée de l'asile, en camisole bleue, la tête
rasée, au beau milieu de la passerelle, au-dessus de
l'abîme, à travers un rideau serré de pluie d'hiver.
Accrochée au câble d'acier, le visage ruisselant, elle
marmonnait dans le vide où plus d'un corps avait fait,
après la halte pensive ou tapageuse, le plongeon dont
on ne revenait pas, même sur un brancard, à moins de
risquer une autre vie au bout d'une corde, pour récupérer des os et des hardes. Il luttait contre celle qui
l'avait nourri, mais n'avait pu le voir grandir, sinon
comme grandissent les enfants malheureux, en secret,
à l'aveuglette, l'avait tout juste soutenu, sans le savoir,
sans le vouloir, sans même s'en étonner, alors qu'il
déployait ses ailes, impatient de s'en aller, ne voulant

plus même s'approcher, et d'autant moins qu'il l'avait trop aimée d'un bout à l'autre de son enfance, sans même avoir conscience d'une séparation, car il ne partait pas, il s'envolait comme l'insecte dépositaire des nostalgies terrestres, sève, parfums et couleurs.

Et le père fit sortir les deux petites filles. La mère était couchée.

« *Elle se jette dans le feu. Dans n'importe quel feu. Il semble que le feu l'apaise. Sa chair grésille. Elle soupire d'aise, et se détend. Puis, quand vient la douleur, elle se baigne dans l'eau froide. Que faire? Je suis cloué au lit. Les deux petites sont effrayées. Regarde-la. Elle n'est plus que plaies.* »

Mustapha lui parla. Elle parut le reconnaître. C'était la seconde fois qu'il l'emmenait, consentante, et ne songeant qu'à fuir. Déjà elle avait fui et parcouru à pied une centaine de kilomètres, pour retrouver sa sœur, disait-elle. Sans argent, sans même savoir où elle était allée, il l'avait poursuivie, au hasard, jusqu'au Nadhor, et ramenée à Constantine. A l'hôtel, le croyant endormi, elle avait encore failli lui échapper. Il avait dû glisser la clé sous l'oreiller, surveiller la fenêtre. Toute la nuit, calme, persuasif, brutal ou excédé, il avait lutté contre la démence, pas seulement la sienne, à elle. La folie. Rien de plus contagieux. Sa mère. Jamais elle n'avait eu tant de pouvoir sur lui. Et maintenant il la tenait, rudement, par les deux bras, tête baissée, vide et féroce, prêt à frapper, sans même entendre les cris de foudre insatisfaite dans l'accalmie, la pluie trop fine, trop rare pour la soif du Rhummel qui râlait lui aussi, à la façon d'un malade irrité par un ça-va-mieux dont il n'est pas dupe. Il ne l'entendait plus, fixant les avant-bras, les paumes, les poignets couverts de cicatrices, les nerfs noués comme des ser-

pents, comme si elle faisait partie désormais de ce
câble d'acier sur le pont suspendu, aérienne, éperdue
et tout à coup triviale, tandis qu'il s'efforçait de lui
faire lâcher prise. Puis elle cessa de résister, à nouveau consentante et toujours prête à fuir.
— Oui, comme les oiseaux, dit-elle.
Il voulut l'entraîner, mais c'était inutile. Rien ne l'em-
pêcherait de revoir ce qu'ils avaient vu le jour de l'ad-
mission, la première fois : une sorte de cage bruyante
et surpeuplée dans le quartier des hommes. Les fous,
les candidats à la folie ne pouvaient pas ne pas buter
là comme sur un miroir. Oui des cages grouillantes,
exposées en plein air, à toutes les visites, comme pour
inviter le pays tout entier à se voir et se reconnaître,
à prendre place enfin derrière cette grille, avec les
aliénés. Oui, c'était ça. Lorsqu'elle s'était évadée, lorsqu'il la retrouva au Nadhor, elle s'était réfugiée à
l'écurie, avait pris définitivement le parti de la bête,
mordant sa vieille sœur et la griffant, avec des larmes,
car elle avait conscience du mal qu'elle répandait
autour d'elle, non de celui qu'on lui avait fait : tous
les siens tués ou morts des suites de la seconde exter-
mination, un siècle après l'expédition punitive qui avait
décimé la tribu ; tous les siens, frères, père et mère,
puis son fils qu'elle croyait fusillé comme les autres
et qui, revenu, n'était qu'un infirmier plus redoutable
que les autres, et son mari s'était couché à son tour
pour ne plus se relever, et maintenant elle avait aussi
perdu ses deux filles.

Une fois la tombe paternelle
Marquée d'une pierre grise inclinée

LE POLYGONE ÉTOILÉ

Quel vent et quel naufrage
Sous le soleil de juin
Et face à la vallée
Lointaine de Soumam !

J'avais vingt ans

J'avais vingt ans quand il mourut
Avant même d'enterrer mon père
Je m'étais interdit
De visiter ma mère
Derrière la grille de l'asile
Car moi-même je sentais s'assombrir ma raison
Entre deux évasions ou deux poursuites
Forcé de ramener entre les quatre murs
La silhouette cassée
De celle sans laquelle je n'aurais pas vécu.

Le vieux burnous
Du disparu
Les clés
De la maison
Passèrent
Entre les mains
Du scribe sanglotant
Et messager
Suprême
Quand le plaideur
A l'agonie
N'avait plus eu la force
D'aller au tribunal
J'avais vingt ans

J'avais vingt ans quand il mourut

J'avais vingt ans quand il mourut mon **unique**

J'avais vingt ans quand il mourut

LE POLYGONE ÉTOILÉ

Mon unique acte d'homme
Avait été de lui offrir
Sa chaise longue de moribond

Sur mon premier salaire
J'avais juste vingt ans
Offrir sa chaise longue
Mon unique acte d'homme
Vingt ans quand il mourut
Une dérisoire chaise longue
Quand il ne pouvait plus
Bouger de son grabat !   Pourtant il écrivit
Quand il ne pouvait plus !   Jusqu'à perdre le souffle
Pourtant il écrivit !   Et la plume tomba
                                  Sur sa couche en désordre
                                  Comme l'épée
J'avais vingt ans   Rouillée
Comme l'épée   Au fond des ruines
Ci-gît   Quand l'ancêtre assagi
Près de la plume   Laissa trancher sa tête
J'avais vingt ans comme l'épée ci-gît près de la plume.

Ci-gît près de la plume un morceau de pain sec
Avant même d'enterrer mon père
J'avais enfoui
En hâte
Dans un camion
Tante sœurs et cousines
Et cinq
Ma jeune étoile
A jamais assombrie
Oui cinq
Et toutes femmes
Tante sœurs et cousines

LE POLYGONE ÉTOILÉ

Cinq femmes
Dont j'étais désormais responsable
Enfouies dans un camion
Avec une auge en bois
Et un pilon de cuivre
Et la folle espérance
De renouer avec Nedjma
A sept avec l'étoile
A jamais assombrie

Vingt ans
Quand il mourut
Mon unique
Acte d'homme

Vautour empoisonné
Déplumé en plein vol
J'allais encore perdre
Et mon travail au port
Et la folle espérance
De renverser l'étoile
En ce vent de naufrage
Sur la stèle grise inclinée

Une fois
La tombe
Paternelle
Marquée
D'une pierre
Grise
Inclinée
Quel vent
Et quel naufrage !

Sous le soleil de juin
Et face à la vallée
Lointaine de Soumam !

Une fois la tombe paternelle marquée d'une pierre grise inclinée
Sous le soleil de juin et face à la vallée lointaine de Soumam !

LE POLYGONE ÉTOILÉ

Le soleil et le vent !
Et le corps exilé qui se fixe à la terre !

Ce fut mon père et moi notre plus grand voyage
Notre premier voyage mon père et moi étrangers
Sous le soleil de juin et face à la vallée lointaine de Soumam !

Pour ne plus venger ma seule blessure
Pour disparaître sans dérouter nul militant
Je ne cesse de détruire mon propre cimetière
Et d'une rafale au cœur
Chaque jour ma fin m'est annoncée

Ni mort ni meurtrier
Je dissimule nos pertes
A la joie ennemie

De nobles vipères
Sont lâchées sur nos crimes
Je ne sais quelle ardeur
Nous disperse
Nous sommes délivrés
Du fléau
D'être

Bernés
L'un contre l'autre
Voués à la fraîcheur inique du silo
Et sous la terre nue
Buvant l'orage et le froid

Voici que d'un nouvel essor
Déçu le ravisseur survole nos murailles
O colombes de mauvais augure

LE POLYGONE ÉTOILÉ

Et vous folles juments
Vous craignez l'ironique férocité d'un veuf
Etranger à ses œuvres
En sa retraite grande ouverte
A toute victime enfin dérobé par les nues
Et sous l'humble menace des astres
Le vautour atteint de longévité
Médite en pure perte son dernier rapt amoureux
Ne peut plus fermer l'œil dans la sarabande étoilée

Vierges inconsolables
Condamnées à périr si jeunes
Sous le bec du vautour !
Barbare
Dans la forêt il peut tenir en cage
Jamais de ses yeux rouges n'a débordé la fureur
Le cœur lourd songeant aux crimes de ses pareils
Tant de fois abattu

L'ancêtre au loin s'obstine

Et tous les coups semblent perdus

Toute guerre est un héritage
Et seuls nos pères décapités
Se disputent le ciel
Tandis que leurs lignées
Pour les voir se confondent
Jusqu'à ne plus connaître leur emblème

Sa tête
Au fond du lac
Et du soleil
Détale
Et la tête tranchée
N'a pas subi d'éclipse

LE POLYGONE ÉTOILÉ

N'enterrez pas l'ancêtre
Sauvagement abattu
Il ne renonce pas à la lumière
Ce possesseur des renversements amers de l'iris
La trace de son massacre

Il dort
Sur un tableau de roc
Et il déroule
De nouveaux paysages
Pour les adolescents
Assis sous son coursier
Et il retourne à l'aube
Il suspend dans la neige
Le flottement du fleuve
Et muet il écoute
Ainsi qu'un ouragan

Allongé sur sa lance
Tout près du vieux requin
Qu'habitent ses victimes
Près de l'ancêtre muré vif
Gît le secret de l'être
Atroce inespéré

Ma jeune armée
Conduite par le dernier de tes captifs
Tu surgiras ma destinée
Sur les sentiers fuis
De la caravane
Nos empreintes demeurent
Si pâles

Pareille au javelot
Qui tremble à nos poitrines
Nous emportons la longue escorte des assassins

Et fusillés
Les hommes s'arrachent la terre
Et fusillés
Ils tirent la terre à eux comme une couverture
Et bientôt les vivants n'auront plus où dormir

Il y a tant de morts
Pour si peu de poussière
Qui nous monte à la gorge
Avec ce vent de feu

Si pâles
Que vous nous ayez vus tomber
Jeunes filles
Si près de l'abattoir
Que de convois nous ont perdus

Il a fallu ramper
Contre des tas de corps
Nos cœurs et nos poumons
Semblaient plus vastes
Les ancêtres buvaient
Dans l'ivoire des crânes
Une laitance d'enfants sevrés
Qui fait pousser des dents toutes neuves

Le sang
Reprend racine
Oui
Nous avions tout oublié
Mais notre terre
En enfance tombée
Sa vieille ardeur se rallume
   — Veux-tu que je t'enseigne la grammaire ou la poésie ?
   — La poésie.

— Ou les deux à la fois ?
— Oui, les deux à la fois.

> Le lion reste lion
> Même dépourvu de ses griffes
> Et le chien reste chien
> Même élevé au milieu des lions.

— Tous ceux qui retiennent ce poème sont des lions, dit mon père.

Donc, je suis lion.

Quand il a bu, et que son ami, le Cadi, le sermonne, mon père lui répond en vers, lui sort les Trésors Inconnus et les Prolégomènes de derrière les fagots. Tout juste si le Cadi ne retourne pas avec lui au bar, pour combler ses lacunes.

— Oui, dit mon père, un vrai lion ne peut être que saoul. Il est saoul par nature.

Lorsqu'il en a pour son grade, il devient braise, et secoue ses poux comme des étincelles. Puis ses moustaches s'attendrissent, sa tête blanchit, et le vent secoue ses cendres...

— Mais souvent, dit ma mère, il se réveille sous une autre peau.

Et elle se sauve sans attendre le rugissement paternel.

Sur mon 31 août : le mois où je suis né ? Quel jour ? Nul ne le sait. Certaines minutes me reviennent. D'abord, ma mère ayant quitté la maison, je pleurais dans la nuit, inconsolable, auprès de ma grand-mère paternelle Fatma. Puis, avant ou après (la mémoire n'a pas de succession chronologique), mon père brisait l'armoire d'un coup de canne. Puis l'oncle Mokdad —

paix à son âme, il vient de mourir, presque centenaire, comme Keblout, notre ancêtre — venait chez nous avec sa barbe noire, et la foudre éclatait. Le feu était chez nous, dans un sac de charbon. Le figuier ou le sac ? La foudre, un autre feu. Pour en revenir à l'oncle Mokdad, il vient de mourir dans le sud de la France, où il resta vingt ans, et, sentant venir l'âge, n'avait renoncé au turban et à l'ancien costume que sur le conseil d'un responsable de ses amis qui le savait plus attaché au pastis qu'à son passé de magistrat de la loi coranique. La foudre le suivit sous forme d'attentats et règlements de comptes, auxquels il survécut pour devenir en quelque sorte le doyen en exil des tribus en déroute. Je ne le vis qu'une fois, mais je le vois encore, avec sa barbe noire, assis près du figuier, en train de boire et de fumer avec mon père qui faisait à l'époque d'excellentes affaires, gagnait tous ses procès, avait même une ferme et riait avec l'oncle de la faillite prochaine, car un autre oncle, Zouggari, désigné par mon père pour être son gérant, avait trouvé une abondante réserve de bouteilles et de fûts. Il but tout, en secret, ne laissant à mon père qu'une faible part de cet océan qu'il engloutit par litres, d'un seul trait, car il était solide et fort mangeur, et quand mon père lui demandait, en trinquant avec lui, où en était la ferme, il se lançait dans une fiction pleine de jardins paradisiaques, décrivait la culture imaginaire de la vigne et la fortune qui s'ensuivrait, jusqu'au jour où mon père découvrit, non sans épouvante, que toutes les terres étaient en friche, que l'oncle Zouggari, ivre comme une bourrique, ne cessait pas de rire et de chanter tout seul ; quand la ferme fut vendue, mon père dut encore louer un taxi pour le déloger, mais il but avec lui, acheta le taxi loué, s'éprit d'une boulangère européenne et vendit le taxi, après avoir laissé en route l'irrésistible Zouggari, avec encore une petite somme, de quoi finir la cuite. J'écoutais de loin les deux verres se choquer et l'oncle Mokdad éclater de son rire à répétition. Il avait neigé dans la nuit. J'étais resté couché, à moitié endormi, pendant que ma mère se frayait un chemin avec sa petite pelle vers le sac de charbon, laissant un filet noir sur l'épais tapis blanc qu'elle attaqua ensuite avec la pelle, et c'est alors que j'eus, coup sur coup, deux visions bien nettes ; tout d'abord, je vis Dieu en personne. Il était monté sur le toit. Il portait le même turban que l'oncle Mokdad, mais n'était pas d'humeur à rire, ni à trinquer. Puis ma mère me cria de m'habiller. J'ouvris les yeux. Dieu avait disparu. Je sortis dans la cour.

Il y eut un bref coup de tonnerre. L'orage sembla battre en retraite. Puis il y eut d'interminables salves, pendant lesquelles je me fourrais entre deux matelas pour ne rien entendre. La porte était ouverte. Ma mère poussa un cri presque en même temps qu'une boule incandescente roulait dans la cour près du sac de charbon. L'oncle Mokdad et mon père étaient rentrés avec leurs verres, et ma mère accourut : « *Le feu est dans le sac !* » Une épaisse fumée, puis plus rien. Mais la peur de la foudre, même le feu éteint, fut telle que ma mère se réfugia chez les voisins. Je restai avec les deux hommes. L'orage était passé. Un vent frais souffla sur les nuages, et sembla aussi se mettre à rire avec l'oncle à la barbe noire, et mon père qui lui versait à boire puis se servait, en riant de plus belle, car ils n'étaient jamais à court, ni l'un ni l'autre, d'une de ces histoires tragi-comiques dont la tribu errante demeurait le théâtre, même à Sédrata, première étape vers l'Aurès et le tombeau du fondateur. Tout en vaquant à son ménage, ma mère les écoutait et riait avec eux. J'étais heureux qu'elle ne fût plus si triste. Elle regrettait beaucoup ses frères, Médersiens l'un et l'autre. Ils avaient pour élèves, lorsqu'ils rentraient chez eux pour les vacances, leurs deux sœurs, Attika, l'aînée, qui parlait en vers autant qu'il lui plaisait, et ma mère ; naturellement, dès que grand-père tournait le dos, on remplaçait le tableau noir par la musique ou les revues de langue arabe.

Quelqu'un qui, même de loin, aurait pu m'observer au sein du petit monde familial, dans mes premières années d'existence, aurait sans doute prévu que je serais un écrivain, ou tout au moins un passionné de lettres, mais s'il s'était hasardé à prévoir dans quelle langue j'écrirais, il aurait dit sans hésiter : « en langue arabe, comme son père, comme sa mère, comme ses oncles, comme ses grands-parents ». Il aurait dû avoir raison, car, autant que je m'en souvienne, les premières harmonies des muses coulaient pour moi naturellement, de source maternelle.

Mon père versifiait avec impertinence, lorsqu'il sortait des Commentaires, ou du Droit Musulman, et ma mère souvent lui donnait la réplique, mais elle était surtout douée pour le théâtre. Que dis-je ? A elle seule, elle était un théâtre. J'étais son auditeur unique et enchanté, quand mon père s'absentait pour quelque plaidoirie, dont il nous revenait persifleur ou tragique, selon l'issue de son procès.

Tout alla bien, tant que je fus un hôte fugitif de l'école coranique. C'était à Sédrata, non loin de la frontière algéro-tunisienne, où se trouve encore aujourd'hui l'épave miraculeuse de toute une tribu... C'est là que j'ai gagné ma planchette en couleurs, après avoir innocemment gravi une immense carrière de versets incompris. Et j'aurais pu m'en tenir là, ne rien savoir de plus, en docte personnage, ou en barde local, mais égal à lui-même, heureux comme un poisson, dans un étang peut-être sombre, mais où tout lui sourit. Hélas, il me fallut obéir au destin torrentiel de ces truites fameuses qui finissent tôt ou tard dans l'aquarium ou dans la poêle.

Mais je n'étais encore qu'un têtard, heureux dans sa rivière, et des accents nocturnes de sa gent batracienne, bref ne doutant de rien ni de personne. Je n'aimais guère la férule ni la barbiche du taleb, mais j'apprenais à la maison, et nul reproche ne m'était fait. Pourtant, quand j'eus sept ans, dans un autre village (on voyageait beaucoup dans la famille, du fait des mutations de la justice musulmane), mon père prit soudain la décision irrévocable de me fourrer sans plus tarder dans la « gueule du loup », c'est-à-dire à l'école française. Il le faisait le cœur serré :

— Laisse l'arabe pour l'instant. Je ne veux pas que, comme moi, tu sois assis entre deux chaises. Non, par ma volonté, tu ne seras jamais une victime de Medersa. En temps normal, j'aurais pu être moi-même ton professeur de lettres, et ta mère aurait fait le reste. Mais où pourrait conduire une pareille éducation ? La langue française domine. Il te faudra la dominer, et laisser en arrière tout ce que nous t'avons inculqué dans ta plus tendre enfance. Mais une fois passé maître dans la langue française, tu pourras sans danger revenir avec nous à ton point de départ.

Tel était à peu près le discours paternel.

Y croyait-il lui-même ?
Ma mère soupirait ; et lorsque je me plongeais dans mes nouvelles études, que je faisais, seul, mes devoirs, je la voyais errer, ainsi qu'une âme en peine. Adieu notre théâtre intime et enfantin, adieu le quotidien complot ourdi contre mon père, pour répliquer, en vers, à ses pointes satiriques... Et le drame se nouait.

Après de laborieux et peu brillants débuts, je prenais goût rapidement à la langue étrangère, et puis, fort amoureux d'une sémillante institutrice, j'allais jusqu'à rêver de résoudre, pour elle, à son insu, tous les problèmes proposés dans mon volume d'arithmétique !
Ma mère était trop fine pour ne pas s'émouvoir de l'infidélité qui lui fut ainsi faite. Et je la vois encore, toute froissée, m'arrachant à mes livres — tu vas tomber malade ! — puis un soir, d'une voix candide, non sans tristesse, me disant : « Puisque je ne dois plus te distraire de ton autre monde, apprends-moi donc la langue française... » Ainsi se refermera le piège des Temps Modernes sur mes frêles racines, et j'enrage à présent de ma stupide fierté, le jour où, un journal français à la main, ma mère s'installa devant ma table de travail, lointaine comme jamais, pâle et silencieuse, comme si la petite main du cruel écolier lui faisait un devoir, puisqu'il était son fils, de s'imposer pour lui la camisole du silence, et même de le suivre au bout de son effort et de sa solitude — dans la gueule du loup.
Jamais je n'ai cessé, même aux jours de succès près de l'institutrice, de ressentir au fond de moi cette seconde rupture du lien ombilical, cet exil intérieur qui ne rapprochait plus l'écolier de sa mère que pour les arracher, chaque fois un peu plus, au murmure du sang, aux frémissements réprobateurs d'une langue

bannie, secrètement, d'un même accord, aussitôt brisé que conclu... Ainsi avais-je perdu tout à la fois ma mère et son langage, les seuls trésors inaliénables — et pourtant aliénés !

IMPRESSION : **BUSSIÈRE CAMEDAN IMPRIMERIES**
À SAINT-AMAND (CHER)
DÉPÔT LÉGAL : MAI 1997. N° 31987 (1/1143)